河出文庫

ロッパ食談　完全版

古川緑波

河出書房新社

ロッパ食談　完全版　もくじ

ロッパ食談　完全版

洋食衰えず　I

関西は、どうだか知らないが、東京では、終戦後の西洋料理の量が、うんと多くなって戦前の倍ぐらいになったようです。東京會舘のプルニエや、帝国ホテルのグリルなどが、再開してから、行く度に、それを感じるんですがねえ。

とにかく、一皿満腹っていう感じになった。

これが、アメリカ式になったというわけでしょうかね。それとも、一皿何百円というようなことになると、そんな高い金をとるのが恥《はず》かしくなって、つい量を多くしちまうんじゃないか、なんて僕は、この間も、ホテルのグリルで、そう言ったんだけど。

そりゃあ、一皿満腹は、経済的には結構、と言いたいが、量を半分にして、値段も半分にしてくれりゃあ、いちばんいい。

僕は上品ぶるわけじゃあなくって、量の少ない料理を、色々食いたいんですがね、一遍に。

戦前（むかしと、ルビを振りましょうか）の、銀座の風月堂あたりの、いわゆるフランス料理が、思えば懐しい。お雛《ひな》様が食べるみたいに、ほんのチョッピリ宛《ずつ》しきゃ無い、それを、メニユウを眺めながら、次はこれ、その次は――という風に註文する時の楽しさは、まことに天国でした。

いまは、ドッと山盛りで出されるんで、うわッと一遍に、見た目だけで、うんざりしちまう。食うことにかけては、年と共に、少しも衰えを見せない僕にしてからが、いまの、東京會舘やホテルのグリルの料理は、無理しても、一皿半がいいところでしょう。

スープと、ロールと、（近ごろ、パンにバタを、うんと附けて来るのは嬉しい）一皿（魚でも肉でも）食うと、もう満腹しちまって、あとは、レタスでも食べるくらいのことだと思って註文すると、またそのレタスが、大量に運ばれるんで、弱っちまう。残すのはモッタイナイ（先祖の遺訓ですからね）と思うから、食っちまうと、暫くは、満腹感に悩みます。（戦時は、この満腹感というものを如何にあこがれたことか！）

とにかく、いまの東京の各西洋料理店の、デイッシュは、量が多過ぎる。（定食は別）

さっき、戦前の風月堂のはなしが出ましたが、いまの銀座で、ああいう式の、フランス料理を食わせる店は、ほとんど無いんじゃないでしょうか。

十八夜の親父が、自らも楽しそうに作るのが、僕の知る範囲では、たった一軒だな。十八夜のフランス（昔、欧風料理と書いた看板がよく出ていましたっけ、あの式です）料理は、とにかく、たのしめます。

ドイツ料理のケテルは、戦後いちばん早く、並木通りに開店して、今でも中々盛《なかなかさかん》ですが、まあここも、一皿満腹を狙っているようで、野菜を、うんと添えて来ます。だから、僕も食いながら色々苦心（少し宛残すとか、野菜を除けるとか）しないと、二皿は食えません。

しかし、ここの野菜の料理法は、優れていて心なしの「野菜添」ではありません。よく工夫して味附けされています。とりわけ、ケテルは、キャベツの煮方が上手です。だから、コーンビーフ・キャベッジなんかが、とても美味《うま》いです。ポテトのリヨネイズも、ここのが良心的です。

ケテルを、あんまり賞《ほ》めてばかりいないで少々貶《けな》すと、スープは感心しない。ポタージュ、コンソメ共に、何だか手を抜いてるような感じです。

もっとも、スープってものは、これに余り力を入れると、後から出る料理が負けてしまうから、故意《わざ》と、いい加減にするんだということを聞いたことがあります。

そう言えば、戦前のホテルのグリルなんかは、どう考えても、その「故意と」としか思えないくらい、スープが美味くなかった。

それに引きかえて、数寄屋橋のニュウ・グランドは、スープに、ぐっと力を入れていました。しかし、ほんとうに、コッテリ美味いスープの後では、料理の味が、負けるということも嘘じゃないような気がします。

だから、料理を楽しもうと思ったら、スープは、なるべくコンソメぐらいにする、(あるいはスープ抜きにする)のが、いいでしょう。

ところが僕はまた、ポタージュのドロっとした奴が、クリーム・スープって奴が、大好きなんで、うまいポタージュなら、もうそれだけを腹一杯飲んで(この際、飲むという字は使いたくないが、食うとも言えないので)、おしまいにしたいくらいなんです。

オニオン・グラタンや、プチト・マルミット、そういうものも結構ですが、また、ミネストロン風のものもいいですが、僕は、単なるトマトクリーム、チキンクリームの、ドロっとしたのが、好き。

そして、これはポタージュには限らないが、スープってもの、熱くなかったら、お話になりません。温度を無視したら、おしまいだ。その点、日比谷のプルニエや、帝国ホテル系統の店々は、スープに限らず、温度を注意していて、良心的です。

ケテルから、お話が外れました。もう一度、並木通りへ戻りましょう。

ケテルでは、デザートも中々よろしい。殊に、僕はプッディング（とりわけ、ブレッドプッディング）が好きなので、ここの、デイプロマートを愛しています。

但し、ケテルさん、コーヒーは決して美味くないな。それも菓子を引き立てるために、「故意と」ですかな？

洋食衰えず Ⅱ

さて――と、この前、どんなとこまで書いたんだっけな？　ま、こういうノンキばなしなんだから、今回どこから始めたって、いいわけですがね。

とにかく、この前のIを書いた翌日、東宝の撮影所へ行って、「七色の街」という映画へ、ちょいと出演したんです。その監督が、食通として、有名な山本嘉次郎氏。そこで、一寸《ちよつと》休み時間に、「僕は、近頃の洋食屋は、量が多くなって楽しくない。昔の風月堂みたいな、少し宛《ずつ》いろいろ食べる洋食が懐しいってことを、昨日、雑誌に書いたんだけど――どうでしょうね、近頃の銀座あたりで、そういう、量を誇らず、味うるさしというような店はどこでしょうな？」と、きいてみた。と、嘉次さんは、即座に、「そんならまあ十八屋あたりかな？」と答えてくれたんで、僕は、すっかり喜んじまった。だって僕も、その十八屋のことを、近頃唯一の、たのしき店と、昨日書いたばっかりなんだから。

「よろしい。意見合った」と、僕も自信を得たもんです。

で、そうなると、早速また、十八屋へ行きたくなっちまってね、撮影がおわると、銀座の十八屋へ行きました。入るトタンに、あッ失敗《しま》った！　と思ったのは、入口の看板に「十八屋」と書いてあったこと。僕は「十八夜」と書いちまったんで。早速、訂正のハガキを出そうかと思ったが、またその話を書くのも面白いだろうと思って、今日まで、わざと間違いのまんまにして置いた次第。だって、その話から、十八屋のオヤヂに、その店名の由来を聞かされたんです、その晩。

十八屋というのは、昔、薬研堀にあった呉服屋の名なんだそうで、今の十八屋洋食店のオヤヂは、当時その店に奉公していたということです。主家の名前を、附けたところなんか、中々《なかなか》美しき物語でしょう？　それを「十八夜」と書いちゃったんだよ、と話すと、オヤヂいわく、「何だか、上野あたりの怪しげな夜みたいだね」どういう感じなのか、そう仰有《おっしゃ》った。

そこでその夜は、オヤヂのすすめるままに、色んな料理（ってのは、バカな量じゃないからこそ食えたわけで）を、次々と、先ず、フイネルという香り高き野菜が出た。これが、うるさいものらしい、「山本嘉次郎さんにね、フイネルが来てるからって伝えて下さいよ」と、オヤヂ。「うん。しかし、むずかしいね、覚えるのが。フイネルか、よし、不意に寝ると覚えとこう」と僕。

フイネルから、ひらめのカクテル。ポタージュから、牛肉煮込み、もう一品（わりによく食います）鶏のソテー。またもや野菜、ブロコリ。その夜は、それだけ食いました。

はい、ウイスキーも相当飲みました。

さて、あんまり十八屋の話ばっかりになったから、他へ移りましょう。大ドコへ行ってみますかな。じゃあ、プルニエと出かけますか。プルニエは、今二軒あり、東京會舘のと、日比谷の店とです。

東京會舘は、去年アメリカさんから返してもらって、昔のように——と言っても、本当は昔のようなわけには行かないんですが——魚や牡蠣の料理を看板に、開店しました。帝国ホテル系統ですから、大体料理も、ホテルの式です、魚は流石《さすが》に、よく揃えてあります。僕は、魚食いじゃないんで、東京會舘のプルニエへ行くと、グリル・ロッシニ（これは去年十月頃開店）のメニュウを取り寄せるんですが、グリルの方も、昔のようなわけには行かないようです。

日比谷のプルニエの方は、もう大分前から開店しましたから、随分愛用して来ました。フィレ・ソールのボン・ファムを、終戦後始めてここで食った時は、ああ美味《うま》い！　と思いました。

日本料理としては、味気ない舌平目なんて魚が、西洋料理となると、平目なんかよりは、ずっと美味いから妙です。ボン・ファムはもとより、フライにしても、平目よりは、舌平目が、数段上です。それも、すっかり骨を除らせて、ターター・ソースで食わなくちゃあ、フィレ・ソールの味が活きて来ません。

　帝国ホテルのグリルも、再開したんで、昔懐しい思いで、早速出かけました。僕は戦前から戦時、ずーっとこのグリルの愛用者だったんで。行ってみると、中の様子も昔のままなら、味も——さあ、そこんところは、問題なんだが、まあとにかく、一流は一流、大ドコの味には違いない。オードヴルを、ワゴンで運んだ昔が懐しい、今ここでは、ワゴン・サーヴィスは、スパゲッティと、クレープ・スゼットだけのようです。

　昔と変って、良くなったのは、スープ。これは前回に書きましたが、ホテルのグリルのスープは、実に味気なかったもんです。それが、今は中々力を入れて、美味くなった。トマト・クリームを、僕は最も佳《よ》しとします。ホテル系統のサーヴィスでいちばん賞《ほ》めたいのは、スープが常に熱く、適当な温度で運ばれることです。スープのぬるいのなんか、いくら美味く作ってあっても、駄目です。スープばかりではなく、食物の温度を注意している点は、この系統が一番だと思います。

　ここのメニュウには、昔懐しい、ビーフステーキ・シャリアピンが、あります。これについては、またこの次。

洋食衰えず　Ⅲ

帝国ホテルのグリル。ビーフステーキ・シャリアピンと、メニュウにあるのは、その昔かの世界的名歌手シャリアピンがここへ来て自分で料理をして見せた独特のビフテキで、それを犬丸さんが、本家の許可を得て、メニュウに入れたわけなんですが、くどくなくって、まことに結構なもんです。これも、再開のグリルのメニュウに再び現われたんで、早速試みたが、やっぱり昔の味なんで嬉しかった。

ビーフステーキ・タァタァル。なんてのもそろそろ復活することでしょうな、犬丸さん。しかし、前にも書いたが、懐しいのは、オードヴルのワゴン・サーヴィス。

ウイスキーの肴には、ここのオードヴルは実によかった。それに、ゲーム・パイなんかも、そろそろ願いたいものです。満腹目的の食事ならとにかく、ウイスキーを飲みながら、というには、これも度々申す通り、一皿の量が多くては困っちまう。

ええと、まだグリルについては何か書くことがあったような気がするけど、大ドコ、から、今度は、中ドコ、小ドコと出かけましょう。

西銀座の、なごやを御存知だろうか。

ここのチーフ、青木君の自ら念入りに作る料理は、フランス料理のたんのうする味があります。

なごやで僕の愛用するものは、ハムバーク・ステーキです。これに、マッシュド・ポテト、グリーン・ピース添。この一皿のリッチな感じ、たんのう感ここにありと言いたくなります。サンドウイッチも、いい。殊に、クラブハウス系の焼いたのが、結構。僕はチキンとマヨネーズの焼サンドを愛用しています。

交詢社の裏側の、いと小さい店、ブルドックは、近頃中々《なかなか》評判で、よっぽどいい頃合いを見て行かないと、満員お断りを食うが客種もよし（有名人が続々と押しかける）それに第一、お値段が安い。ここでは、黙々と料理場で汗をかきつつ料理するオヤヂの、煮込み物が随一でしょう。タン・シチュウなんかの軟らかな、とろりとした舌ざわりは、先ずここの身上でしょう。

タン・シチュウに限らず、ここの煮込み物は、すべていただけます。オックス・テイルなんかも、よろしい。添える野菜も良心的で、盛りもよく、ライス物も手を抜いていません。それで安いんだから、流行《はや》るわけです。

烏森へ飛んで、キッチン・ボンが、あります。これは、市川段四郎君が教えてくれた店で、——と話は一寸《ちょっと》横道へ入りますが、段四郎君は、全然洋食衰えざる者の一人で、酒を飲まない代りに、大なる食通です。それもコッテリ脂の強い方の専門。だから会うと僕は、その道(アブラの道)の話ばっかり。戦争中、明月というTボーン・ステーキを教わったのも、段四郎君からだった。その段四郎君に「あそこはうまいよ」と言われたら、先ず信用してよろしい。で、キッチン・ボンも、信用して行って、食ってみて、成程《なるほど》と感心した。若きチーフが、中々の腕です。

売り物の一つに、ボルシチがあります。ロシアのスープで、戦前は新宿の中村屋にありました。戦後、方々にロシア料理の店が出来て、各々これを食わせています。交詢社一階の、ビアホール、ピルゼンのボルシチも、本場もののチーフが作るので悪くありません。ピルゼンでは、ペロシキが美味《うま》くて、僕は大いに愛用していますが。その、ボルシチは、西銀座のナンシイなんかでも、アメリカ風を加味して、食わせていますが、ボンのが、優れています。

その他、チキン・ドリアなどのライス物も、野菜をうまくあしらって結構です。大ドコに比べると、量の割には、ずっと安くて、手軽なところも推賞しましょう。ロシア料理では、西銀座のトロイカが、本場の引揚げだけに、本格的です。しかし、トロイカのボルシチ(バーリッシュという風に発音するのが正しいそうですな)は、案外アッサリしています。

ここでは、何という料理か、鉄板で焼いた肉の、ジュージュー音を立てている奴。

それを、白いエプロン掛けて食うのが、お職でしょう。

トロイカは、ロシア料理の大ドコで、まだ都内方々に、中ドコ、小ドコがあります。

渋谷のロゴスキーなどでは、サモワルから紅茶を、ドンドン注いで持って来ます。

但し、砂糖無しの、本場もの、、、です。

僕はしかし、これ等のロシア料理は、兎角《とかく》、辛くって困ります。トンガラシのヒリヒリするのなんか、参っちまう。それに、ウオッカという酒も、僕は苦手なんだ、あれはどうも親しめない。と言って、ウオッカでなくっちゃ、ザクスカなんかでも合わないでしょうしね。

ザクスカって言えば、新宿中村屋で売ってるパンの上へ、チーズだの、魚のペーストなんかの載っているザクスカ（というよりも、カナッペと言った方が近いんだが）は、一寸、お弁当用に結構だと思います。

トンガラシのヒリヒリする奴で、ウオッカ――というのが美味いんだろうが、僕はもっぱらウイスキーしか用いないので辛い奴は弱ります。

洋食衰えず　Ⅳ

洋食――と、ただそう書いてある看板。その下に、煉瓦亭。

但し、これは、むかしの煉瓦亭とは場所が違う。むかしのは、現在の銀座三越の裏の小路にあった。それが本店で、戦争の前に、銀座本通りを突切った向う側、つまり服部時計店側の、裏通りに、支店が出来た。その支店の後身が、つまり、現在の煉瓦亭である。

むかしの煉瓦亭といえば、カツレツ（と言ったら、むろん豚カツ）の大きいのが売りもので、「大カツ」と註文すれば、皿からハミ出すようなのが来て、ソースをかけると、ジューッと音がしたもんだ。豚カツというものは、その後変貌して、ヒレ肉の分厚い奴が、本場もののようになり、現在では、どこの「とんかつ屋」でも、豚のヒレを使っている。

これは、上野、浅草の喜多八とんかつあたりからの流行《はやり》で、僕に言わせれば、豚カツの脂身の無いのなんか、絶対美味《うま》くない。

トンカツと言えば、「のばせばのびる」の式に、サイダービンでトントンたたいてのばせるだけのばした、平べったい、それも脂身沢山の奴が、本格的だと思う。スカシて見ると、「何だい、こりゃあ脂ばっかりじゃないか」というようなのが寧《むし》ろ本筋だ。で、煉瓦亭のトンカツは、僕に言わせりゃあ、最も本格的な、トンカツだった。トンカツと言えば、これ、ポークカツレツとは違いますよ。コトレット・ド・ポルクという西洋料理の一種類が、日本的洋食化したものだ。むかしから、そういう日本的洋食屋ってものは、高級レストラン、その頃の、欧風西洋料理店とはまた別な、誇りを持って、気軽に（食い方のエチケット抜きで）食わせるのが、自慢だった。

　だから、お客の方でも、その店へ入ったら、メニュウを取り寄せて、「ええと、スープは、ポタージュにしよう。うん、その前に、オードヴルを」ってなことを言わずに、いきなり、「おい、熱いとこ一本つけてくんな」と言い、すぐ続けて「そいから、大カツを一チョウ」と、こう来なくっちゃあ通《つう》じゃない。

　何のことはない、西洋式おでん屋だ。そこで、菊正の二合ビンか何かが運ばれる。ガラスの中くらいのコップに注いで、チューッと吸いながら、カツの来るのを待つ。

　カツレツが来たら、ナイフとフォークでえイイと皆切ってしまう。バラバラに切っといてから、ソースを、ジャブジャブとかける。

で、そいつを、正宗を飲みつつ、一片ずつゆっくり口へ運ぶ。

帝国ホテルや、その頃のエイワンあたりの、エチケットとは、全く違うのである。

さ、そういう式の、日本化された洋食屋の、銀座界隈だけでも何軒と在った昔よ！

煉瓦亭は、現在で言う東銀座だが、向う側の、西銀座に、日吉亭あり、八洲亭あり。

（八洲亭と書いて、ああ懐しい。戦争も苛烈を極めし頃食わしてもらった、ホワイトシチュウの味を我は忘れず。オバさん健在と聞く。また会いたいな）

そして、屋台にまで、青葉亭などという有名な（？）店が、あったものだ。

こういう店を思い出していると、銀座ばかりではなく、わが想い出は、小さな翼を持って飛ぶのである。

上野御徒町のポンチ軒よ。これは、日本化洋食店としては、やや高級であった。あの、とろけるような、ビーフ・シチュウを忘れない。そして、この店のトンカツは、その頃から分あつで、やわらかいのが売り物だった。

ああそして、下谷花街に、清光亭の合の子弁当を食いし昔！　合の子弁当という名に栄光あれ。清光亭のそれは、特にゴハンが美味いので有名だった。

その頃の、僕の遊蕩は、各花街の洋食と共にあった。新橋は、プランタンの焼サンド。雛妓と戯れつつ、その皿盛りのサンドウイッチの上に、お子様ランチの如く、小さな旗などの立っているのを喜びしかな。

赤坂は、からす亭の、パン・コキールと共に夜が更けた。あの味に最近、同地に於て再会し、涙しつつ食べた。

パン・コキール、それは何国の誰の発明ぞや。

牛込は、オザワの、富士見町は、平河軒の——と、岡場所は、ごめんこうむりまして、いっそ浅草は、ヒライ軒に飛ぼう。

ヒライ軒の、野菜シチュウを知るや君。

騎西屋の、ドンブリのヨンチュウ——いづみやのカメチャブ——これは脱線。

等等等——

と、僕の「舞踏会の手帖」は、とめどもなく、空かけて行きそうであるが。話を元へ戻そう。

ここは銀座裏煉瓦亭である。

「むかしの通りやってるのかい？」

と言いながら、僕は、一隅へ陣取った。

「先ず、トンカツだね」

メニユウを見ても、この度は、「大カツ」というのは、見つからない。

そこで、ただトンカツと註文した。

やがて運ばれたトンカツは、大きさは、昔の大カツよりやや小であるが、やっぱり小さくはない。

衣《ころも》の色が、昔のように、カラッと揚がっていない感じで、艶が無い。一寸見《ちよつと》は、ガラスの、ショウケースに飾られた、ロウ細工の見本品の如し。

果たして、この味は、昔と同じでありましたろうか、遺憾ながら、次回の読みつづきと致します。

洋食衰えず　V

煉瓦亭の一隅で、先ず、のっけに註文したトンカツが運ばれたのを見て、むかしの煉瓦亭の「大カツ」とは、第一、衣《ころも》の色が悪いんで、少しがっかりした。

ソースのビンに手をのばして――あ、この店も、いわゆるトンカツソースって奴か。

僕は、このドロドロした、トンカツソースって奴は、どうも嫌いだ。

だが、他にソースも見つからない、すべていい式で行こう。

ソースをかけて、さて食ってみる。

衣が、全くいけません。むかしの、さらッと揚がったパン粉の味は無く、モソモソと衣は衣、中身は中身という感じ。

だが、食べて行くうちに、ハタと気がついた。

トンカツ戦後版だぞ、こりゃあ。

ってのは、トンカツソース（なんてものは、断っとくが、昔は無かったんですよ）の味に合わせて、つくられているんだ、これは。

どうせ、いくら凝ったところで、トンカツソースをドロドロかけて食われちまうんだ。そう思って、それに合わせている。

つまりそれは、関西のライスカレーの立場に似ている。

はじめて、大阪の、神戸の、洋食屋（大ドコじゃありませんよ）で、ライスカレーを食った時、こりゃまあ何て甘《あま》いんだ！　と吃驚《びっくり》した。しかし、それが、関西では、ライスカレーには、ソースをかけて食べる。（そして、生卵をまた一つ、ぶっかけるのが上等となっている）という風習のあることを知ってから、ああそれで、わざと、こうして甘くしてあるのか、と釈然としたことがあるが、それだ。

煉瓦亭主人は、現在の風潮に抗し難しと見て、料理の味の方を、ソースに合わせてしまったのだ。

いえ、そう思って食うと、いただけた、このトンカツ。

そして、トンカツの傍に、山ほど添えてあるキャベツの刻んだ奴（生のまんまのキャベツなんて、兎じゃあるまいし、こんなものを出すのは、日本の洋食だけだぜ。と言う人ありき）を、頬張るに及んで、またもや僕は、嬉しくなった。

生のキャベツの中に、セロリーが、刻み込んである。それが嬉しくて、このトンカツ一皿、キャベツの山も悉《ことごと》く平げてしまった。

そして、ここでは、このトンカツで、飯を食うのが、恐らく一番美味《うま》いのだろう、と思った。

しかし、僕は、ここで飯を食ってしまうわけには行かない。（僕は、探究を続けなくてはならない）

メニュウを見て、ホワイト・シチュウというのを次に註文した。

運ばれて来た、そのホワイト・シチュウを眺めて、ああ昔から、ここでは、こんなのを食わしたっけ、と思い出しながら、匙を取る。

ホワイト・シチュウとは、すなわちアイリッシュ・シチュウのことで、じゃが藷《いも》、人参、そして牛肉が、白ソースで煮込んであるんだが、この牛乳くさい、うどん粉くさい、如何にも野暮くさい味に、恐らく外国では味わえないであろうところの、日本洋食の特徴があるように思える。

ホワイト・シチュウ、量が少ないが、値段も百円也。

量が少ないから、まだ食える。

そこでまた次に、メニュウを見ると、あったぞ、それこそ昔なつかしい、メンチ・カツというのが！

ああメンチ・カツは健在なりき。

挽肉にパン粉を附けて、そこへ木の葉のような刃型が入れてある、全体の形も、木の葉の形をしているのだ。

木の葉の形をした、メンチ・カツ！

こんな料理は、僕の礼讃するところの、日本洋食以外にあろうとは思えない。

むかしの恋人にめぐり逢ったような心持で、僕は暫し、メンチ・カツを眺めていた。

そして、これを食い終ると、ああ貪慾倦《あ》くところなきわが胃袋よ！　もう一品。

しかも、それは、ライス物と来ました。

ハヤシ・ライス

しかし、流石《さすが》に、ハヤシ・ライスの、褐色の肉と、玉葱がゴッテリと載っているゴハンの皿を前にした時は、わが胃袋も、「腹も身のうちだ」と、つぶやいたようであったが。

ハヤシ・ライスも、無論、日本洋食の一種に違いない。ハッシュド・ビーフ・アンド・ライスを林《はやし》ライスと呼び馴らしたもの。

ついでに言えば、オムレツと、ライスのコムビによる、オムライスなんてものも、いみじくも発明された、日本洋食の粋であろう。

（あ！　今思い出した。戦前、それもずっと以前の、銀座タバンというレストランのベジタブル・ライスというのを）

そして、これらの日本洋食ゴハン物は、一流大ドコの、チキン・ドリアとか、何々のピラフというたぐいより、何と日本人の好みにピッタリしていることよ！

（大阪南の、大雅のスープ・ライスも、忘れたら、マダムに怒られるだろう。いわば西洋のお雑炊といったもの。酔後などに適《ふさ》わしいものである）

ゴハン物のついでに、西洋ずしというのがあったのを御存知だろうか。戦前――戦中にかけて、銀座の函館屋で取り次いでいた。

ゼリーで、かためたハムや、その他色も鮮かな海老などの載っている、西洋ずし。歳徳の、サンドずしというのもあった。

おおそして、銀座裏に、ヨーロッパおでんというのがあったのを（僕は、里見弴先生に教わった）覚えている方があるだろうか。

これこそは、完全に、日本化した洋食。

おでんの鍋の、幾つかに仕切ってある中に、いろいろな（キャベツ巻、ビフシチュウその他）洋食が、煮えているのである。

その、おでんの鍋に立ちのぼる湯気のかなたに、思い出は、かすみ行く。（なんてネ）

日本の幸福

「洋食衰えず」の巻を、もっと続けてもいいんだが――まだまだ東京の洋食については、色々材料がある。アイリーンのハンガリア料理、ハムブルグのドイツ料理、麻布には、イタリー料理の店も出来た。それらの話を続ければ、まだまだコンコンとしてつきないんですが――あんまり脂っこい話が続くから、ちと方向を変えましょう。

僕ぁねえ、今日は、日本の幸福について語ろうと思うんですよ。ええ、食いものの点で日本ほど幸福な国は無いんじゃないでしょうか。

僕は昔っから、一つの理想を、夢を持っていました。それは、ある年齢に達して、金も出来たら、世界の食べものを食べに歩こう、つまり、食うための世界漫遊をしてみたい、という夢なんです。世界各国の名物を、料理を、ゲンナリする程食って歩きたい、という。

ところが、近ごろ、僕は、その夢を捨てたくなった。金が無いからもありますよ、けど金が無くったって夢は持って居られますさあね。だから、金が無いという理由じゃないんだ、世界を廻ることはない、日本にいた方が、よっぽど食うことには恵まれている。日本こそは、食通の天国だ、ってことに気がついたからなんですよ。

と言っても一寸分《ちょっと》かって載けないかも知れないが、一口に言えば、日本ほど、食べものの種類の多い国は無い。いろんなものを、毎日違ったものを、食べられるという国は他にあるまい、というところに気がついたからなんです。

僕は、日本から一歩も外へ出たことは無いんだから、偉そうなことは言えませんよ。しかし、どう考えてみても、日本ほど、食べものの種類の豊富な国は、他には無いでしょう。

だって、つまり西洋へ行けば、西洋料理ばっかりでしょう?　フランスへ行きゃあ、フランス料理だ。イギリスは、イギリス料理、アメリカは、アメリカ料理だ。朝から晩まで、その国の料理で、パンばっかり食ってるわけでしょう?

イタリーじゃあ、パンの他に、マカロニもあるだろう、スパゲッテイもあるだろうが、要するに、イタリーはイタリー料理だ。

そりゃあ、アメリカへ行ったって、日本料理は食べるでしょうさ、でも、そういう店は、在米日本人のためにあるわけで、アメリカ人が、ちょいちょい愛用してるわけじゃないでしょう?　ね?

中華料理が世界中に拡がってると言ったたって、わが日本国ほど、軒並みに店を張っているわけじゃないだろう。

まあさっき言った通り、アメリカは、アメリカ料理、フランスはフランス料理ばっかり食ってるわけでさあ、ね。タマにゃあ、中華料理だの、他の国の料理を食うにしたって、それは、珍しいから食う——一年に一遍くらい、珍品として食うのがセキの山だろう。

さあ、それに引きかえて、わが日本の、何と、種類に於て、あまりにも恵まれていることよ！

昨日は、鰻を食ったから、今日は、フランス料理にしよう。または、昼飯は、そばで済ませたから、夜は、牛肉のスキ焼と行くか。というようなことが、一体、他のどこの国で出来るかってんです、全くの話。

先ず、洋食と一口には言っても、谷崎潤一郎先生の区別されたように、西洋料理と称したい高級品から、洋食と呼ばれる中級、そして屋台のトンカツ迄あります。その西洋料理にしてからが、フランス料理あり、ドイツ、アメリカ、イタリー、ハンガリーその他、その他、揃っている。

中華料理にしたって、ピンからキリまであって、お座敷の高級料理から、いわゆる中華そば屋式もあれば、夜中に、ピーヒャラヒャーと、チャルメラを鳴らして売り歩くワンタン屋まで、各種ある。

西洋、中華の数々の他に、つまり日本料理がまた、何とも言えないくらい、ヴァラエティーに富んでいる。

日本料理が、関東風、関西風、精進料理に、何々料理とあって、それだけでも、もういいのに、（これも日本料理の部類に入れるより他ないでしょう）天ぷらがあり、そばがあり、スキ焼があり、オデン、焼鳥、何々鍋のたぐいから、すしと来ます。すしだけで考えても、握りに、チラシ、押しずし、箱ずし、ぬくずし——茶巾ずしから鯖ずしまで数えれば、何十何百種ある。

いいえ、まだまだその他に、日本の食べものの種類と来たら、枚挙に暇《いとま》がありません。それに、酒の種類の多いこと。

飲みもの——コーヒーから、日本の茶の数々、コカコラから、ラムネ。

西洋菓子、もち菓子からアンミツ——お好み焼き。

ざっと考えただけでも、このくらい。

このくらい、食べものの種類の多い国が、他にあったら、お報せ乞う。

そこで僕は、前記、世界食物漫遊など、それは、いくら美味《うま》いものがあっても、同種類のものを何日間か立て続けに食わされる（に違いないんだから）のでは、とても苦しいだろうから、やはり日本にいて、朝は、クサヤと味噌汁、昼は、西洋料理、夜は天プラというような、食べものの「浮気」を続けることが、一番幸福なのだ。と気がつき、それ以来、食漫遊の夢を捨てたわけなのでございます。

日本人は、こういう風に、食べものの浮気を致しますので、一つ事に熱中することが出来ず、兎角《とかく》、何事にも、浮気になるのではなかろうかという、学説も、目下、研究致して居る次第でございます。

再び洋食衰えずの巻

日本的洋食——日本化された洋食——のはなしを、さんざ書いていながら、いんごうやを忘れていた。これは、忘れちゃいけなかった。

銀座裏の、ビフテキいんごうや。日本座敷で、定食（戦前二円五十銭くらいだったか）しか出さない。

定食というのが、スープ。これは、日本流の吸物椀（瀬戸もの）に入ったコンソメ。素麺と、豚肉の小片が、常に身だった。次に出るのが、ビフテキだが、これが、やっぱり日本風な皿に、フライド・ポテトと共に載って来る。ビフテキは、軟らかくて、あっさりしてた。というんだから、サーロインステーキか。添えてあるポテトが、馬鹿に美味《うま》い。

その後に、カレーライスなんだが、これも、すっかり日本化して、ごはん茶碗に、ごはんをよそって、それへ、別に運ばれたカレーを掛ける。

このカレー汁たるや、全く洋食とは、かけ離れたものだった。辛くない薄味で、刻肉が、ほんの少々、葛でドロッとはしているが、ビフテキの後の、お茶漬代りというのが狙いなんだ。

それに、おしん香。で、おしまい。

この定食、組み合わせが、うまいんで、結構たのしめた。何時行っても、そればかり、同じプログラムなんだが、それでも、われわれ、「一寸《ちょっと》気を変えて、どうだい、いんごうやと行くか？」と言った風に、愛用したものだった。

日本的洋食のはなしをしていながら、これを忘れていたのは正に不覚。だって、このくらい日本化された洋食ってものは、他になかったもの。戦争と共に、いんごうやも姿を消してしまったが、今の銀座に復活してもらいたい店の一つである。

復活と言えば、この前の前あたりに、僕が書いた、西洋ずしは、今年になって復活した。麻布の以前の店で商売を始めた。

しらせをもらって、早速註文、試みたが、これ一寸イケた。昔の通り、第一、見た目が美しくて、たのしい。

御徒町のポンチ軒のことを書いたら、あの店も、またやり出したと報せてくれた人がある。これは未だ試みていないが。

復活組の一つは、西銀座のアラスカだ。

朝日ビル一階に、戦争中と同じように、また開店した。これも、しらせをもらって早速出かけたら、暑さの折柄、冷房の利いているのが、食べる前の御馳走だった。昔の通り、氷を白鳥や熊の形に彫刻したのに、オードヴルや、冷コンソメを盛ってサーヴするのも懐しかった。

アラスカっていえば、大阪のアラスカも復活していて、シェフは飯田君が戻ったと聞いた。飯田君の料理を食うために僕は大阪へ行きたくなった。

同じアラスカで思い出す話が一つある。名古屋のアラスカだ。丁度僕が名古屋の宝塚劇場で芝居をしていた時、南京が陥落した。そのニュースで景気が立っていた時昼食に、名古屋のアラスカへ行った。と、メニュウに、南京陥落スープというのがある。アハハ、何でも南京陥落なんだね、ま、それをもらおうよと、註文した。

運ばれたのを見ると、別段南京陥落みたいな感じはしない。（むろん、ただそういう名前を附けただけのことだろう――）ポタージュに、チーズトーストの小片が附いているだけのもの。で、そいつを匙で掬って味わってみると、カボチャのポタージュだ、ハテな、カボチャは、ナンキンと言う。ほほう、南京だね、これは――と、次に、気がついたのが、傍に添えてあるチーズトーストである。チーズは、乾酪。カンラクだ！

うまい。南京陥落に違いない。

洒落《しやれ》たチーフがいたもんだ、と僕はひとりで、それこそ万歳を唱えたくなった。この洒落、一体その日の客の何人に通じたことであろうか。メニュウに、そう書いたっぱなしで、何の註釈もなし。チーフ、ひとりの道楽なんだ。奥床しい、って気がした。ああしかし、それから間もなくのことだ。同じ名古屋のアラスカで、もうコーヒーも純粋なのはなくなったとて、妙に渋いような、コゲくさいような代用コーヒーを飲まされて、「こりゃ君、一体何だい？」と、ボーイにきいたら、ボーイが、「柿の種です」とあっさり言ったんで、へーエと思った途端に、口に含んでいた、その柿の種コーヒーを、プッと吐き出しちまった。

しかし戦争中に、そんなひどい目に遭ってる最中に、本ものの、美味いものを食った思い出も、鮮やかに残っている。大阪へ行けば、前にも記したが、アラスカの飯田君が、とっときの本ものを食わしてくれた。ありがとう、今も御恩は忘れない。アメリカとの戦争の真っ最中に、「これは、アメリカ独特の料理ですがね」と、ビーフ・ケネイ・パイを出された時の歓喜を、忘れてよいものか。ビフテキ・パイの舌を灼く熱さ。フーフー言いながら、ハアハア言いながら食った。あの味は、今も目をつぶれば（目はつぶらなくてもよかった）舌端によみがえる心地である。世の、うまいもの万歳！

下司《げす》味礼讃

宇野浩二著『芥川龍之介』の中に、芥川龍之介氏が、著者に向って言った言葉、

……君われわれ都会人は、ふだん一流の料理屋なんかに行かないよ、菊池や久米なんどは一流の料理屋にあがるのが、通《つう》だと思ってるんだからね。……

というのが抄《ぬ》いてある。

そうなんです、全く。一流の料理屋というのは、つまり、上品で高い料理屋のことでしょう！　そういう一流店でばっかり食べることが通だと思われちゃあ、敵《かな》わないと僕も思うのである、そりゃあ、そういう上品な、高い料理を、まるっきり食わないというのも、可笑しいかも知れない。たまにゃ、一流もよろしい。が、しかし、うまい！　って味は、意外にも、下司な味に多いのである。だから、通は、下司な、下品な味を追うのが、正当だと思うな。

例えば、だ。天ぷらを例にとって話そう。いわゆるお座敷天ぷら。鍋前に陣取って揚げ立てを食う。天つゆで召し上るもよし、食塩と味の素を混ぜたやつを附けてもよ

し、近頃では、カレー粉を附けて食わせるところもある。そういう、いわゆる一流の天ぷら。その、揚げ立ての、上等の天ぷらを食って、しまいに、かき揚げか何かをもらって、飯を食う。あるいは、これがオツだと仰有《おつしや》って、天ぷらを載っけたお茶漬、天茶という奴を食べる。そりゃあ、結構なもんに違いないさ。

しかし、そういう、一流の上品な味よりも、天ぷらを食うなら、天丼が一番美味《うま》い。と言ったら、驚かれるだろうか。そもそも、天ぷらって奴は、昔っから、胡麻《ごま》の油で揚げてたものなんです。だから、色が一寸《ちよつと》ドス黒いくらいに揚がっていた。それを、見た目が下品だとでも言うのか、胡麻の油をやめて、サラダ油、マゾラを用いるようになったのは、近年のことである。これは、関西から流行《はや》ったんだと思う。そして、近頃では東京でも、どこの天ぷら屋へ行っても、胡麻の油は用いない（あるいは、ほんの少し混ぜて）で、マゾラ、サラダ油が多い。だから、見た目はいいし、味も、サラッとしていて、僕なんか、いくらでも食える。

しかしだ、サラッと揚がってる天ぷら、なんてものは、江戸っ子に言わせりゃあ、場違いなんだね。食った後、油っくさいおくびが、出るようでなくっちゃあ、いいえ、胸がやけるようでなくっちゃあ、本場もんじゃねえんだね。ってことになると、こりゃあ、純粋の胡麻の油でなくっちゃあ、そうは行かない。だから、さっき言った天丼にしたって、胡麻でやったんでなくっちゃあ——この頃は、天丼も、上品な、サラッとした天ぷらが載ってるのが多いが、それじゃあ駄目。

丼の蓋《と》を除ると、茶褐色に近い、それも、うんと皮（即ちコロモ、即ちウドン粉）の幅を利かした奴が、のさばり返っているようなんでなくっちゃあ、話にならない。その熱い奴を、フーフー言いながら食う、飯にも、汁が浸みていて、（ああ、こう書いていると、食いたくなったよ！）アチアチ、フーフー言わなきゃあ食えないという、そういう天丼のことを言ってるんです。

その絶対に上品でないところの、絶対に下品であり、下司であるところの、味というものは、決して一流料理屋に於ては、味わい得ないところのものに違いあるまい。と、こうお話したら、大抵分かって戴けるであろう、下司の味のよさを。天ぷらばっかりじゃない。下司味《あじ》の、はるかに一流料理を、引き離して美味いものは、数々ある。おでんを見よ。

おでんは、一流店では出さない。何となれば、ヤス過ぎるからであり、従って下品だからである。しかし、おでんには、ちゃんと店を構えて、小料理なんぞも出来ますというようなところで食うよりも、おでんの他には、カン酒と、茶めし以外は、ござんせんという、屋台店の方が、本格的な味であろう。どうも近頃は、と年寄りじみたことを言うようだが、おでんのネタが、変ったね。バクダンと称する、ウデ卵を、サツマ揚げで包んだ奴、ゴボウ巻き、海老巻き、そんなものは、昔は無かったよ。おれっちの若い頃にゃあね、「ええ何に致しますかね？　ちくわに、はんぺん、ヤツにガンモ」なんてんで、（ヤツは八つ頭。ガンモはガンもどきなり）「ええと、そいじゃあ、ガンモに、ニャクと願おうか」ってな具合だったね。

いちいちめんどくさいが、ニャクとはコンニャクのことですよ。「へい、ちイっと、ニャクが未だ若いんですが――」なんてな、若いてえのは、まだよく煮えていねえってことなんでがす。おでん屋の、カン酒で、ちと酔った。

酔って言うんじゃあ、ございませんが、おでんなんてものこそ、一流の店じゃあ、金輪際《こんりんざい》食えねえ、下司の味だと思いやすがね、どうですい？

おでんの他にも、まだまだあるよ。むかし浅草に盛《さかん》なりし、牛ドンの味。カメチャブと称し、一杯五銭なりしもの。大きな丼は、オードンと称したり。

あの、牛（ギュウ）には違いないが、牛肉では絶対にないところの、牛のモツや、皮や（角《つの》は流石《さすが》に用いなかった）その他を、メッチャクチャに、辛くコッテリ煮詰めた奴を、飯の上へ、ドロッとブッかけた、あの下司の味を、我は忘れず。

ああ下司の味！

想い出

よき日、よき頃のはなしである。

フランスの汽船会社M・Mの船が、神戸の港へ入ると、その船へ昼食を食べに行くことが出来たものだった。

はじめての時は、フェリックス・ルセルという船だった。

その碇泊中の船の食堂で、食べたフランス料理の味を、僕は永遠に記念したい。

落ち着いた食堂で、純白のテーブル掛のかかったテーブルに着くと、黒ん坊のウェイターが、サーヴィスしてくれる。

パンを、皿に載せないで、直《じ》かに、テーブルクロースの上へ置かれたのに、いささか面喰いつつ——パンの粉を、黒ん坊のウェイターが、時々刷毛で掃除してくれた。

——先ず出て来た、フォアグラの味に、もう、うっとりとしてしまった。

本場のフランス料理ってものを、M・M汽船の食堂で覚えたことは、あるいは僕にとって、生涯の不幸だったかも知れない。

だって、フェリックス・ルセルをはじめとして、それから僕が、神戸へ行く度に通った船は、クイン・ドウメル、アラミス等々と数多いが、皆それは、戦争のはじまり頃のことなのだ。

やがて、フランスの船へ食べに行くことなど、まかり成らない御時世にもなったし第一もう、M・Mの船なんか、日本へ来なくなってしまったのだもの。

そして、わが国の食糧事情という奴が、もうセッパ詰って来て、洋食の如きも、ほとんど姿を消すに至ったのだもの。

うまい御馳走を、ちょいと味わわせてもらった、その後が、めちゃくちゃな食いものの時代になったのだから、たまらない。

何を食ったって、船の食堂を思い出す。たまに、洋食のようなものが出たって、あア、船では——と思っちまう。

いっそ、罪な目に遭った。そんな気がした。なまじ、あんな美味《うま》いものを知らなきゃあ、こんな苦労はあるまいものをと、戦時中、幾たび嘆いたか分からない。

また、戦後の今日、もはや何でも出揃い申し候の今日に至っても、M・Mの船で食ったフランス料理の味は、時々思い出す。

今でも、ラングース・テルミドオー（とでも発音するのか）という、伊勢海老のチーズ焼。それが出て来ると、ハッと思い出すのだ、船の食堂を。

船の食堂では、昼食には、スープは出なかった。いきなりが、オードヴルとしてのフォアグラ（ああその味！）（氷でこしらえた白鳥の背中などに盛られてありし——）が出て、その次が、伊勢海老のチーズ焼。

ホカホカ熱いのを、フーフー言いながら食べる。甘いシャムパンのような酒が出る。ああこう書いていても、僕の心は躍るのだ。

倦《あ》きも倦かれもせぬ仲を、無理に割かれた、そのかみの恋人を思うように。

伊勢海老でない時は、そうだ、平日のノルマンディー風、なんてのもあったっけ。おお、そして、車海老のニューバーグ！

いずれにしても、チーズの、じゅーッと焦げたのが、舌に熱かった。

チーズといえば、もう食事の終る頃に、いろいろなチーズの（やっぱり、ここではフロマージュと発音しないと感じが出ない）並んだ大きな皿が出る。

カビの生えた、それも青々と、そして、やたらに穴のあいているのなどを、これがオツなんだと言われて、口に入れてはみたものの、あんまりオツすぎて、プフッと言っちまって、あわてて、甘口のシャムパンを飲んだことなども思い出す。

フランス語と来ては、まるで分からない。それが食い気のために一心不乱、何とかして通じさせようと思って、覚えた。

氷は、グラスっていうんだっけ。

ええと、それから、パンは何だっけな？　英語では、ブレッドだが、フランス語では？　と、あわてたが、何のことフランス語でも、パンは、パンだった。

魚の皿が引込んで、白い葡萄酒が、赤に変ると、肉が出る。テクニカラー映画でも、あの、桃色とも、赤とも言えない、ロースト・ビーフの色は中々《なかなか》に出まいと思われる。

おおそして、その肉に従属するところの、もろもろの野菜たちよ！

貪欲倦くところなき僕は、幾たびかまたその肉のお代りをしたものである。ひょいと後を向いて、またお代りだという表情をすると、黒ん坊のウェイターは、笑いもせずに、たちどころに、大きな皿を僕の傍へ持って来るのだった。

食事が終って、葉巻になる。

フィンガーボールは、レースの敷きものに乗っていて、水には、レモンが浮いていた。これじゃあ、飲みものと間違えても、しようがない、という姿だった。

甘いシャムパンと、赤白の葡萄酒の、ほろ酔いである。

甘い酒は、かおが酔いますね。

頬っぺたが、くすぐったくて、眼がボーッとなる。そこへ葉巻を吸うでしょう？　おなかは張っているし——いい心持。

さ、そのフランス船での食事も、馴れて来ると、二度目三度目、さのみ美味いとも思わなくなったんだが、そこがそれ、前にもお話したように、それから、段々わが国の食べものが無くなって来て、世にも悲しいものばっかり食膳に並ぶようになったんだから、さてそれからというものは、夢にうつつに、フランス船を思い出したというわけでございます。

これは、わたくしの一生の不幸になったかも分かりません。

かなしくも、なつかしき思い出でございます。

珍食記 I

珍食のはなしをしよう。

珍食といっても、これは、イカ物食いではなく、食いものそのものでもない。言わば食いものの周囲——なんて言ってるより具体的にお話した方が早い。

戦争ずっと前、さようさ、二十何年の昔。日本橋の人形町に、声色おでんという、おでん屋がありましてね、これは変ってた。歌舞伎おでんといってたんだったかな？

とにかく、その後、その道（こわいろ）の商売人になって、ラヂオや寄席へも出た吉岡貫一という、ちょいと橘屋に似た（その頃は、だよ、貫ちゃん）兄哥が主人。

小さな、三坪ぐらいっきゃ無い店で、入ると突当りのところに、鍋があって、その向うに、その吉岡貫一が控えている。

で、商売ものは、おでんにお酒、その他、小料理ってわけだが、そんなものはどうでもいいんで、客は、主人の声色をきけばいい。

一杯やりながら「貫ちゃん、たのむぜ」と言えば、待ってましたとばかり、「ええー、では、橘屋を最初に」ってんで、羽左衛門から六代目、いろいろと始まる。ここでは声色のはなしは、どうでもいいんだから、略しますが、貫ちゃんの声色の中では、羽左衛門と六代目、播磨屋あたりが、殊に優れていました。

だから声色好きでなくっちゃあ、面白くも何ともない。客は皆声色ファンばっかり。そこで、主人の方からも、「旦那一つ願います。沢正、やって下さいよ。よッ、沢田！」てなことを言う。その客の、得意の声色を覚えていて、おだてる。おだてられなくっても、心得のある人ってものは、一声やりたくって、うずうずしてるんだから、「じゃあ、やるかな」ってことになる。

と、貫ちゃんの方では、「よっ待ってました！」と傍にある銅羅《どら》を、ボーンとたたいて、小さい拍子木を、カチカチと叩く。すなわち、旦那の沢正が始まるってわけです。

僕も、その店へは、ちょいちょい行った。

その頃は、こっちも未だ役者には成っていないんで、アマチュアの声色ファンだ。でも、声色を声帯模写なんて野暮な名前に書き変えるくらいだから、その店あたりへ行けば、ちょいとした顔だった。「いや、どうも、声帯模写の本家の前じゃあー」てなことを言うが、やっぱり、お素人の旦那衆、やりたいんだね、はじめのうちは少しテレているが、さア始まったら、もう神がかりで、あとからあとから、いろんな役者の声色をやる。

ここでですよ。僕が、不可思議なる大成駒、歌右衛門の「桐一葉」を、きいたのは。毎晩のように、ここへ来て、チビチビと、きこしめしながら、酔うにつれて、歌右衛門になっちまう客がいた。歌右衛門ていうよりは、歌右衛門の扮するところの淀君になっちまうんです。「あ、これこれ、ここへ、ガンモドキを持って来てくりゃれ」と、淀君が、仰有《おつしや》る。この淀君、立派なヒゲを生やしていた。

かと思うと、これも浅草の方から、毎晩通って来る御常連の一人に、「オジイさん」と呼ばれてた愛嬌のある、老経師屋さんがいましてね、これが、われわれの知らない先代の左団次とか、先々代の何某というようなのを長々とやり出すんで、これには皆参ったものでした。

で、それらの声色をききながら、食ったおでんの味というものは、別段何の珍奇もなく、当りまえの代物でした。

これが長く続いていたら、面白かったんだろうが、間もなく、声色おでんは、店を閉めてしまった。

そういう店があったんだよと、ひとに話したら、それじゃあ、烏森の花家を知ってますか？　と言われて、はじめて、その花家という、しるこ屋のことを知った。これは、戦後のはなし。

きくところによると、これは、よっぽど変っているらしい。しるこ屋ではあるが、そのおかみさんが、歌舞伎のセリフを言いながら、サーヴィスするというんだ。

どうも、そいつは一寸《ちよつと》気味が悪くって、すすめられても行ってみる気になれなかったのが、つい最近、NHKへ行くのに、小一時間早いんだが——っていうチャンスがあったんで、烏森なら近いからと、その、花家という店へ入ったもんだ。

と、店の中は、普通のしるこ屋と変りはない、ただ歌舞伎役者の名前入りの提灯がズラズラッと並んでいるのと、飾ってあるのが皆これ、歌舞伎に関係のあるものばかり。食わせるものも亦、あたりまえの、しるこ屋並みなんだが、変っているのは、先ず、品書きの紙。例えば、壺坂霊験記と書いて、下に、栗ぜんざいとしてある。

どうして、栗ぜんざいが、壺坂霊験記であるかということは、註文してみないと分からない。これを一つ、と註文すると、さあそれからが大変なことになる。

「へーイ、壺坂一チョウ」と、おかみさんが答える。やがて、おかみ自ら、その栗ぜんざいなるものを、いや、壺坂霊験記なるものを、持って来て、客の前へ置くと、椀の蓋をとる。

それから、いよいよおかみさんが、しゃべり始める。何を喋るかというと、全くこれ、セリフともつかず、口上ともつかぬ、駄洒落《だじやれ》まじりの解説といった風なものである。

果たして、鬼が出るか蛇が出るか。（惜しいところで以下次回）

珍食記　II

烏森は、花家という、しるこ屋について語りかけて、ちょいと気を持たして、前回はお別れということにしたんで、どうしてもその続きを書かなくっちゃあならないんだが――本当は、もう嫌んなっちまった。だって、ダレるんだ、この話。が、まあ、止めるわけにも行かないから、簡単に片付けよう。

花家という、しるこ屋のおかみさん。

先ず、そのいでたちが――と書いてみたいが長くなる。一口で言えば、歌舞伎の世話物に出て来るおかみさんの如き扮装。おかみさんが、栗ぜんざいを持って来て、椀の蓋を開けて、さて口上（？）が始まる。

セリフを全部覚えたわけじゃないから、完璧ではない。ま、次の如きことを宣《のたま》うと思えばいい。

椀の蓋を除《と》って、彼女はぜんざいの上に砂糖を振りかける。その行動と共に言う。

（要旨）お里（オサトウ）が、あとから追っかけて云々。
眼の開いた時に、観音様が仰有《おつしや》った。善哉々々（ゼンザイ、ゼンザイ）といった具合なんで――ああダレて来たな、もう他のことが書きたい――ある。

そのおかみさん一人が、店一杯の（満員なんです。物好きが多いんだね）客にいちいちサーヴィスしている。

割り箸を置きながら、「これは慶安太平記。はい、ワリバシ忠弥」。
マッチを出しながら、「鈴ケ森で、お若えの、おマッチなせえ」。
おつりを出しながら、「はい、娘道成寺。ツリガネ」。
灰皿を出しながら、「番長皿屋敷。ハイサラ」。

もう嫌んなったから、このくらいにして置くが、おかみさんはほとんどこれらの言葉を喋り続けなのである。毎日同じことを言っているに違いないから（時には新作もあるのかな?）、大して苦しくはないだろうが、しかし、あんまり楽でもないだろう。

それより面白いのは、この口上を言われる、きかされる（浴びせかけられると形容したい）方の、お客さんの方である。

しるこ屋もアベックが多い。その若き男女は、おかみさんの口上を、呆気にとられたような表情で見ているのもあり、こっちが恥かしくなって、うつむいているのもあり、半分テレながら、エヘラエヘラと笑っているのもあった。

それらの人々が、テレるのも無理はない。これが、飲み屋なら、酔っぱらって、客の方からも応酬するであろうが、何と言っても、しるこや、安倍川を食いながらのことだ。ただただ恐れ入って拝聴しているより他にないわけである。

――ああしかし、この話は、僕にとってダレる話だったな。もう止めようかな――

いや、そう言う僕だって、一人で行ったわけではなく、他に三人もの連れがあったのであるが、やっぱりテレたね。しかしうつむくってのもヘンなもんだから、じっとおかみさんの顔を見ていたんだが、見られたって、おかみさんの方じゃあ、テレもどうもしない。堂々と、前記の如きセリフを喋り続けていたものである。

――いよいよ、この話は、ダレる。――

では、話を変えよう。しかし、珍食記と題したからには、やっぱり、そういう話をしなけりゃなるまい。

これも亦、ダレる恐れは充分あるんだが、ダイヤモンド鍋の話をしよう。

しばらく行かなかった浅草へ、クガート見物だの何のと縁があって、このところ三四度行った。そして久しぶりで、昔なつかしい金田の鳥鍋も味わった（経営者は変ったが、板前や番頭も昔の人で、懐しかった）が、これは珍食の部に入らないから、次の機会に説くこととして、その金田の近くの、というのは仲見世の、観音様に向って右側の裏だ。

今半別館《いまはん》の、ダイヤモンド鍋を御存知だろうか。（宣伝に非ず。しかし、今半よ、スポンサーになってくれてもいいぜ）

これも、ダレる話ゆえ、手っとり早く話す。

今半別館に入れば、たちまちおどろく。女中が全部お揃いのキモノで、シマダのカツラをかぶって出て来る。

ゴテゴテの、全部これ費用バク大であろうところの木細工や彫りもの、もの凄い建築は、めんどくさいから見ないでよろしい。

牛肉のすき焼（牛鍋とは書いていない。もはや東京でも、スキというなり）を註文すると、ここで、絶対おどろいてもらいたい。

女中が、うやうやしく捧げ持って来るのは青い紐のかかった、桐の箱である。その紐を解いて、箱を開ければ、銀（純銀の由）の鍋が入っている。

その銀の鍋の外側に、キラリキラリと、きらめくのは、ダイヤモンドなのである。即ち、銀鍋にダイヤモンド（むろん何百カラットという程の大きなものではない）が、ハメ込んであるのだ。

それだけの話である。

ダイヤモンド鍋と言っても、ダイヤモンドを煮て食うわけではないから、それ程おどろくことはないのであるが、僕はやっぱり、おどろいたのである。ひとをバカにするな！　というような怒りを覚えつつ、すき焼を食い、酒を飲んだ。しかし、このすき焼決して不味《まず》くない、そして、お代も決して高くなかった。

と言えば、今半別館よ、これは、つまり賞《ほ》めているんであるぞよ。

食書ノート Ⅰ

夜、眠る前に、本を読む癖のある僕は、うかうかと眠ることも忘れて、深夜まで読み続けてしまうことがある。そうなって来ると、もはや適当に腹が減って来るので、読んでいる本の中に、食べものの話が出て来ると、相当堪《こた》える。

最近のことを言えば、J・イエラーギン著、遠藤慎吾訳『芸術家馴らし』を読んでいるうちに、芸術家達のピクニックがあって、

＝チョウ鮫の塩漬、ロースト・ピッグ、チョウ鮫の肉ジェリー、キノコのマリネード漬、ハム、フライド・チキンが用意してあった。二十クオートのウオトカは泉に運ばれ、冷たい水につけられた。お台所係りは、急いで馬鈴薯を焼くたき火を起した。

＝

というところへ来ると、チョウ鮫とは、どんな魚なのであろうかと思い、キノコのマリネード漬とは、果たしてどんな味のするものであろうかと思い、しばしば、そのピクニックの食事風景を想像してしまった。

――ゴーリキー通りの地下にある有名なコウカサス・レストランは、信じられないほど柔らかいスペインたまねぎのフライを添えた夢幻的なシャルイクスや、香り高いムクザーニや、チフリスで詰められたジョルジァ・ブランディーをサーヴィスしてくれたが、――

というところではまた、シャルイクスとは、どういう料理だろう、と思ったり、ジョルジァ・ブランディーというものの、香りを色々に想像したものであった。

　式場隆三郎著『ゴッホ巡礼』も亦、最近読んだ本の中では、罪な本だった。というのは、各国の旅行記に、いちいち各国の料理のことが出て来るので、深夜の読書は、相当悩ましいものだった。

インドネシア料理、インド料理などのあたりも、想像をたくましくしながら読んだが、スイスのチーズ料理、ラークレット。

――これは大型の丸いチーズを大きく半月に切り、その断面を火にあぶり、とけた部分を削りとって皿に入れて出すものだ。ジャガ芋がついているだけだが、それに胡《こ》椒《しょう》をふり、かたまらないうちに、フォークで、すくって食べる。何とも言えない味だ。――

を読んでいると、折柄の空きっ腹は、キューと鳴り渡り、昂奮して来て、眠れなくなった程である。

しかし、これらの本を、僕は、食書として扱うわけではない。これは、プロローグ。食に関する書、何冊かについて感想を述べる。

『荻舟食談』本山荻舟 住吉書店（昭和二十八年十月）

は、最近の食書である。本山荻舟氏の、食物に関する随筆集。

大体が、日本料理、日本式の食物のことなので、総てあっさりしているから、僕のような、脂っ濃い物の好きな者には、何となく物足りない気がしたが。

「開口」から、ずっと食物の歴史、その起源十項ばかり。

「わが家の精進」の中に、「わが家の馳走より隣りの雑炊というむかしながらの諺」というのが出て来る。僕は、はじめてきく諺だが、まことに言い得て妙。意地きたなしは、必ず同感であろう。

「温泉宿の食事」に、著者は、

＝これはわたくしの性癖かも知れないが、旅の楽しみの大半は食物にあると思っている。＝

は、全く同感。温泉宿などでは、土地土地の特産品を食わせるべしというのも無論賛成だ。

「食通にならぬ話」に、昔の食通と言われる人々は、同時に名庖丁でなくてはならなかったということがある。
しかし、これは、後出の「板前のプライド」に、
‖中国に「君子は厨房に近づかない」ということわざがあって、‖
とある方に、僕は賛成したい。
「他山の石」で、支那料理の日本化について語り、
‖国際都市といわれる上海では、逐年特色を失いつつあるのが事実だと聞いて、
ひそかに首肯したのが誤りであろうか。‖
とあるのは、成程《なるほど》と思った。
「常食は重点的に」
この本で、一番感心したのは、これだ。
‖外国では家庭とレストランとの料理献立が、ほとんど共通しているから‖
とあり。その通りで、わが国では、それが判然と区別されている。そう言われて、
はじめてこの事実を認識した。
この点、わが国の主婦は、幸福だと言えるかも知れない。とにかく、これは大きな
問題である。
「美味はわが家に」の鍋料理のはなしで、
‖客も心得て丹念によく鍋の世話をする。‖

という、その「世話をする」が、まことにいい言葉だと思った。
「駄菓子をどうぞ」の駄菓子礼讃も賛成。いまの世の中には、駄菓子顔をした駄菓子が無くていけない。
「口福の春に想う」に、
＝日本製の食パンが一体にうまくなったのは戦争以来の賜もので、＝
とあるが、これは反対だ。
食パンというもの、少なくとも東京では、戦争以前の方が、ずっと美味《うま》いのが多かった。ロシヤパン、フランスパンなどの美味いのは戦争前でなくては味わえなかった筈だ。
戦後は、アメリカ式の、衛生本位の（白くさえあればいいという式の）食パンが上等とされて来たので、今も尚それに禍《わざわい》されて、湿度も適当な、フランス（式製法による）パンが、少なくなっていると思う。

食書ノート　Ⅱ

『美味礼讃』ブリア・サヴァラン　関根秀雄訳　創元社（昭和二十八年十月）

これは、一八二六年の本で、原題は「味覚の生理学」、副題「美食家に献げる理論と歴史と毎日の問題を含む随想」というのだそうで、著者は、単なる食通、栄養学者ではなく、解剖・生理・化学・天文・考古学等の学者であり、また、文学者でもあったそうだ。四百何十頁の厚い本であるが、堅苦しい学問的な本ではなく、文学書を読むような気持で読了することが出来た。

感じたままを、順押しに並べてみる。

「味覚の機構」の中で、味覚は舌ばかりではなく「歯根すらも多少味覚に参与するのではないかと思う」とある。

物の味の分からないのは、

――舌の造作がわるいので、舌の帝国にも亦盲人があり聾者があるということになる。――

という表現は面白い。

　こういう風に、書き方が、文学的でもあり、多分にユーモアを含んでいるので、読んでいて、たのしい。

「食慾について」の逸話が面白い。

　しかし、こういう食書は、具体的に、食物のことが出て来ないと、小説の、主人公の出て来ないところを読んでいるようで、たよりない。だから「食物一般について」のポタージュの話ともなると、読む方も活気が出る。

‖まったくポタージュこそ、フランス国民食の根底を成すもので、数世紀の経験が我が国のポタージュをこれ程完全なものにしたのだと思う。‖

　ジビエについて語っている中に、

‖京燕に若《も》し雉ほどの大きさがあったら、人はそのために、きっと一アルペントの土地を売っても惜しまないであろう。‖

と、この書き方も文学的であるが、しかしこれ程の、食物に対する情熱は、フランス人ならでは持っていないだろう。

　この本の中で、訳者の註に、

‖原著者は、新しい御馳走の発見創始は、新しい天体の発見以上に人生に貢献すると考えている。‖

とさえ言っている。

すべてが、フランスならではの本だ。

「ムリアとガルム」では、獣肉食よりは、魚肉食の方が、性慾を旺盛にするという実験の例があるが、第一、そんな実験をした人が、面白いではないか。

「松露について」の項の他にも、トリユッフというものが、しばしば出て来る。トリユッフというもの、われわれメニユウに見たことはあり、「何々松露添」という料理も食ったことはあるが、その味を覚えていない。残念。トリユッフは、よほどの珍味と見えて、巻末の「ヴァリエテ」にも、

＝＝食いしん坊のきこえ高き人類最初の親たち、アダムとイブよ、おん身らは唯一つの林檎のために身を滅したが、なぜ七面鳥の松露添のためにそうならなかったか。＝＝

と言っている。

そう言われて、考えてみると、小説や戯曲の中に、最も多く食物のエピソードが出て来るのも、フランスのようである。

「渇きについて」には、コニャックを二十四時間飲まなかったばかりに死んでしまった男のはなしがある。

「美食判定器」に、第一級・第二級と、メニユウが出て来るのも、読んでいて、唾液

の溜って来るのをどうしようもなかった。

「食卓の快楽について」で、

＝食堂の照明は十分で、暗いところで、美味《うま》いものは無し。＝

とあるのは大賛成。

「消化について」の中の、

＝そして今日の料理は、我々が飢えていなくても我々に食べさせることが出来るのである。＝

これは、料理の根本だ。

「休息について」「眠りについて」と、直接食物に関係のなきが如きことを、これも中々《なかなか》、文学的に語られている。

「夢について」に、

＝食事に列った夢を見ても、ただその御馳走を見るだけで、味は感じない。＝

と言い、また、

＝嗅覚と味覚だけは睡眠中に我々の霊魂に感じないのは、どうしたわけか。＝

と言っているが、これは僕の場合は違う。味覚も、嗅覚も夢にある。但し、臭いは、悪臭、味は、ひどく不味《まず》い（あるいは酸っぱい）のが常であるが。（これは、睡眠中、いわゆる口がまずくなっている為であろう）

「レクチ・ステルニウムと横臥体位」には、ローマ人の臥宴ということが出て来る。左を下に横たわっての食事である。これは、可笑しかった。

「ド・ボローズ氏の一生」は、グルマンディーズの、食慾小説ともいうべきもの。

「ヴァリエテ」に入ると、さっき言った、食物の具体的な、はなしが多いので、読んでいて昂奮する。

鮪のオムレツ、肉汁入卵焼のはなし。

「古えをあわれむ歌」には、昔の人々は、今日のいい料理を知らなかった、それゆえにと、哀れむ歌である。

‖豪壮なるトローヤを、うちほろぼしたる強力な王たちよ、おん身らの武勇のほまれは世々を経て消えることはあるまい。だが、おん身らは、魚のむし焼きも若鶏のスチゥも知らなかった。おお可哀そうな人たちよ！‖

食書は、すべて、直《じ》かに（具体的に）食物のことを書いたるがよし。されどこの書は、文学的なるがゆえに、そうでない部分も、たのしかりき。

食書ノート Ⅲ

ブリア・サヴァランの『美味礼讃』を読み、引き続いて、これを読む。

『深川のうなぎ』宮川曼魚 住吉書店（昭和二十八年十二月）

これはしかし、食書ではない。宮川曼魚氏の明治東京懐古の随筆集なのであるが、しかし、やはり、うなぎ屋の御主人のことであるから、巻末の「うなぎの話」の他にも、食物に関することが、色々出て来る。

それらに、ついてのみ書く。

「柿」「鮟鱇《あんこう》と鷗外先生」「鯉のこと」があり、「鮟鱇と鷗外先生」が、面白い。江戸ッ子ならではの文章である。

「酒魔」と「酒つぎ」は、酒のはなし。「酒魔」の、大酒食いのはなしが面白い。

ずっと飛んで「茶漬」がある。茶漬の由来記。そして、「茶づる、茶づろう」と動詞にまでなっていたということは、はじめて知った。

「うなぎの話」は、かつて著者の、この種の話は、読んだことはあるが、とにかく、自信を持って書かれているので、安心して読める。読んでいるうちに、うなぎが食いたくなること妙なり。

と、ここで、僕の読書ノートの一九五二年—五三年の中から、食書あるいは、そうでなくても、その中に食物のことの出て来るものだけを、拾ったりしてみようと思う。

『ベッドでのむ牛乳入り珈琲』　滝沢敬一　暮しの手帖社（昭和二十七年九月）

『フランス通信』何冊かの著書の、これは、気軽なエッセイ集。その中から、食物に関することのみを抄《ぬ》く。

「アメリカ娘のフランス印象記」の中に、フランスでは、レストランで水を出さないとあって、

‖フランスで一番ほしくて得られなかったのが水、帰国して、やれやれありがたいと思ったのも、プレーン・ウオーターでした、‖

とあるのは、僕の如き「水飲み」は、うっかりフランスへは行けないぞ、と思った。

標題の、カフエー・オーレーの話は、ゆっくり読んで（それこそ、牛乳入り珈琲を飲みながら）たのしみたい。

『若く見え長生きするには』ゲイロード・ハウザー　平野ふみ子訳　雄鶏社（昭和二十七年十月）

お年のせいで、こういう本が、ちょいと読みたくなる。本屋で、他の本と一緒に、目立たないようにして買って来た。しかしいいな、こういう本は。読んでいて、とにかく、明るく元気になる。うそでもいいから「あなたは百歳まで生きられる」なんて言ってもらうのはいい。

ハウザー法という、食餌療法（？）は、大分以前からきいていたが、これで、具体的なことが判った。なるほど、多くの医者が、薬よりも大切な、三度の食事について、あまり注意しないのは、間違っている。そして、この本によれば、それも三度の食事ではなくて、

＝多忙な人にとって、食事の量を少なくし、回数を多くした方が、よいことは、十分科学的根拠があります。＝

としてある。

順を追ってノートしてみると、先ず、サラダを一番先きに食えという説。カルシゥムが必要であること。

「かしこい食事」によって、どんな病気も治せるということなのだが、これを読んでいるとヴィタミンＡＢＣＤ――以下、すべてを服《の》まないと気が済まなくなる。

イーストが、糖尿病にいいこと、肝油を服むべきこと等も判った。

これらの色々な話、すべて、わが国とは風俗習慣が違うのだから、よっぽどよく説明してくれないと、判らないことが多い。専門語の説明、ある時には図解なども欲しかった。

「若返り長生きする食事プラン」の、いろいろなメニュウは、いわゆる衛生料理だから、読んでいては、「面白く」ない、全く、美味《うま》そうではないから。しかし、これは、ガストロノミーの、あるいは、グルマンディーズの本ではなかったっけ。

とにかく、初老期の人々は、これを読めば、一寸《ちよつと》ぐらい若返るであろう。こういう本のあることは、めでたい。

『茶――私の見方』　春秋社（昭和二十八年五月）

茶道などというものには、全く縁のない僕なのであるが、どうしてこういう本を買ったのであろうか。

柳宗悦　以下、諸家の、茶道随筆集。

柳宗悦　「茶」の病い

茶器の名前のふざけたのは、その時代の茶の歴史を語るものだという説。家元制度の否定、茶道の浄化運動は、ここに始まるという説は、成程《なるほど》と思えた。

鈴木大拙　茶の哲学
＝貧の哲学が茶の哲学である。＝
真船豊　茶と美
茶杓を眺めていて、夜を明かしてしまうことすらあるという、立派な茶人。
谷川徹三　茶碗
も、どうして中々《なかなか》の茶人。
肥後和男　周辺子の立場
周辺子というのは、ディレッタントのこと。これは、いい言葉を覚えた。
堀口捨己　利休の朝顔の茶
そういう、上品な歴史を、はじめて知る。
谷口吉郎　ベルリンの庭石
ベルリンに日本式庭園を造ろうとして、石が見つからず、果たさざりし話。コンクリートで石を模造しては、とすすめられて、ひどく怒り、それでは庭の「剝製」だと言う。しかし、ベルリンに日本の庭ということが、既に、「茶」じゃあないように思える。コンクリートで、あらためて怒ることはなかろう。
古田紹欽　禅茶録
禅茶録という本の紹介。その全文。

やさしい文章と言っているが、どうして、こりゃあ、中々、むずかしい。

食書ノートⅣ

『から党と甘党の手帖』

これは食書ではない、雑誌（?）である。「家庭の手帖」の特集で、全冊飲食物に関することのみを集めたもの。

第一章　エチケット

では、福島慶子「レストランでは」の、小楊枝を使うことを、たしなめているのが、叱られているようで、小気味がいい。

＝日本人は大の男でも外国人と混って何かをする場合に必要以上に堅くなり、はにかんだり、または必要以上に遠慮ぶかくなるのは、おかしなことで、＝と、全く同感である。

草野心平「居酒屋では」で、酒場の喧嘩は、

＝その源は、右コ左ベンにあるようだ。右コ左ベンしないこと、これが私の考える居酒屋でのエチケット第一条だ。＝

と、居酒屋の主人としての彼は語っている。

第二章　盃のなかのから党の王国。

では、落合芳明「ウイスキー通」だけ読んだ。

第三章　うまいもの、乙なもの、珍なもの。

宮川曼魚「うなぎ通」では、うなぎを載せる皿のこと、見た目からも、皿は藍の染付の皿に限るというのを、成程《なるほど》と思った。

山本嘉次郎「げてもの通」カジさんの、この道の通さには一驚。この人は、芋虫《いもむし》まで食っている。

平山弥五郎「水たき通」は、「江戸風と長崎風とのちがい」とあるが、長崎で水たきを食ったことがないので分からない、また、江戸の水たきってものがあるのかな？博多の新三浦以外の水たきを全部否定している僕には、この一文、腑に落ちず。

小島富吉「すし通」流石《さすが》は、美佐古ずしだ、中々《なかなか》いいことを言っている。

＝真夏にとろがあれば、こっちが羞《はずか》しいくらいのものです。＝

中村蝶子「おでん通」で、鍋前の、つまりカウンター席のことを、カブリツキと称することを知った。むろん、芝居から来た、ことばであろうが、どっちみち近頃のことであろう。このおかみ、大分戦後派的だ。

星野雅信「やきとり通」で、やきとり屋が、ちゃんと店を構えてやり出したのは、大正末年あたりからのことと知る。

浅見孝司「洋食通」で、メニュウを出されたら、いちいちきくがいい、

＝料理長独自の名を付けることがありますから＝

というのは、いいことを言ってくれた。

但し、この文中に、

＝タンシチュウは、戦前は一般の人々は見たこともなく、食べる気もしないという人が多かったのです。＝

とあるのは、何かの間違いであろう。戦争のずっと前から、タンシチュウってものは、場末の洋食屋にだってあったもの。

柴田健三「とんかつ通」では、グレイヴィと、トンカツソースを混同している。

周子剛「中華料理通」で学んだことは、中華料理というものは、料理法が簡単であること、鍋なども、一つあればいいということ。

まだ色々読んだが、このくらいにして置こう。

『味なもの』読売新聞社会部編　現代思潮社（一九五三年六月）

読売新聞連載中に、とびとびに読んでいたが、一冊になったので、通読した。名士諸家の（その選び方にかなり疑問あり。例えば、僕なんかが脱けているじゃないか）

推薦する「味なもの」（うまいもの屋という意味には、どうかと思うタイトルである）の店々。

しかし、これを読んでいると、諸家が各々、ひそかに愛用しているところの店を発表するのではなく、（それも多少あるが）この短文を書くために、新聞社の方から、あすこへ行ってくれという風に指定されて、その店へ行かされて、食わされて、その感想を述べている、というのが大半のようである。それは、辰野隆の中清天ぷら、佐伯米子のそば蓮玉、源氏鶏太の笹巻毛ぬきずし等が皆、「これがはじめて」と書いてあることでも判るではないか。

本山荻舟の文中、

＝この一月に「味なもの」の巡礼が始まった時、＝

とあるのを見ても、それが判る。それじゃあ面白くない。これでは、本当の、うまいもの屋の紹介ではなくて、言わば無理賞《ほ》めになる。

だから、食いもの屋巡礼、批評なら、それだけを蒐《あつ》めるべきだ。中には、自分の、それこそ「秘蔵」の、うまいもの屋を推薦している人もあって、雑然、混然としている。新聞社のタイアップの仕事なら、こうして一冊になったのを、買わされるのは迷惑な話である。

ただ、いいのは、いちいち、その短文の筆者自身の描いた、さし絵が入っていることで、これは中々たのしかった。

総体に、甘いもの——羊羹や餅菓子など、和菓子が、多い。中華料理は一つもない。

さて内容に及ばんとして、紙数がつきた。次回に書く。

食書ノート　V

前回から引きつづき、読売新聞社会部編『味なもの』の、ノートである。

宮本三郎の、鳥安。

戦後の鳥安を僕は知らない。どうしても戦後は食うものも飲むものも、銀座辺に偏してしまった。これは交通不便から来た現象であろう。しかし、もう今では東京も、タクシーが便利になったから、どこへでも行けるわけだが、それにしても、メーター制だ。そのかみの円タク時代に比べれば、正に、交通不便と言ってもいいだろう。しかし、これを読んでいると、鳥安までノシたくなった。うまそうだな。

池部鈞の、石川亭。これも、戦後は行ったことなし。これを読んで、こいつも一つ試みなくっちゃあと思った。

戦前の石川亭では、何という名の料理だろう、挽肉の大きなカタマリが、大きな丼の中に置かれてある奴、あれが美味《うま》くって、よく食ったものだったが——

石黒敬七の、ももんじ屋。こりゃあ、適役だな。旦那、失礼。

早大教授　石川栄耀の話に、

とあるのは、フカのヒレではないかな？

また、池部鈞。この旦那、渋谷あたりの通《つう》で、僕も一度行ったことのある、ロシア料理ロゴスキーについて語っている。これはちと賞《ほ》めすぎのように思えた。それより、その近くにあるという、成吉思汗鍋の方へ行ってみたくなった。

菊岡久利は、彼自身の経営する、牛めし屋を広告している。ずるいね。しかし、かの太公望という、酒っ気なしの、牛めし屋は、僕も酔後二三度行ったが、どうして結構イケた。そして、何よりいいのは、お安いことなり。

久邇元宮様が、ハウザー料理を売りものの、グリーンカウを賞めているのは、何となく、よくお似合いのように思える。グリーンカウでは、僕は、オードヴルの、フォアグラ（実は鶏肉であるが）の、ゼリー寄せを最も賞美している。

ハウザーといえば、去年の夏あたりから、矢野目源一君が、新宿で、ホルモン的ハウザー料理の店を開いた。これも一度試みたが、それに就いてはまた別に書こう。

オリエ津阪の、舟和のみつ豆。ここへ来る客というものの中に、僕の名が出て来たのは、面喰った。牛脂とあるのは、牛皮のことか。江戸なまりで、ヒがシになったんだろうかな？　舟和といえば、近頃のことは知らないが、確かに昔は、僕もよく行った。

みつ豆に、黒い蜜のと白蜜のとあり。「エエ、白一チョウ!」といえば、白い蜜の方。黒蜜の方は、「アカ一チョウ」。

レモンソーダのことを、女店員は、「レンソー」と略して言い、ストロベリーソーダは、ストソーと言っていたのを思い出した。

「ええ、レンソー一チョウ!」

とはしかし、きくだに涼しいではないか。

山本嘉次郎の、十八屋。流石《さすが》に細かい。食通であることが、これだけでも、よく判る。十八屋については僕も、この稿のはじめの頃に書いた。

そして松本幸四郎の、キチン・ボン。これについても、僕は書いたが、これは無邪気に書かれていて快い。さし絵も、うまい。

渡辺一夫の松好。ここの鶏は、

‖千葉県から、わざわざ持ってくるのである。‖

とあるが、東京の鳥屋の鶏は、大抵千葉県あたりから来ているんだと思う。どっちみち、「わざわざ」は、可笑しい。

戸川エマの、サモワール。

渋谷のロシア料理は、ロゴスキーしか知らない。一度行ってみたい。

宮本三郎の弁松。

弁松といえば、仕出し屋でしょう? それを店へ乗り込んで食ったって何もいけなかぁなかろうが、何だか落ち着かない。ってのが、われらの幼少の頃より、弁松の折詰に親しみ過ぎているから、そんな気がするのか。あの、蒲鉾《かまぼこ》の、白い、冷たい味。プリプリの(多分消化が悪いだろう)カマボコ。卵やきに、栗のきんとん――シャコのドス黒く煮た奴にさ、――と、これは明治から続いている味なんだね。

美川きよの、浅草とんかつ喜多八。こういう店を、無理賞めさせられたのならお気の毒だ。喜多八も、戦前の、とん汁や焼売を売りものの頃は、それでも独特の味があったが、今では、すっかり大衆的で、デパートの食堂の出店という感じである。トンカツを揚げてから、オーブンへ入れるのを感心したりしちゃあ困る。但し、瓢亭の打ち水のはなしは、大賛成。

などなどと、いろいろある中に、川上哲治の、せんべいの話が、妙に印象に残った。

『私の見たアメリカヨーロッパ』小林一三 要書房(昭和二十八年六月)

むろん、これは食書ではない。八十何歳にして、アメリカ、ヨーロッパを視察旅行して帰った、小林翁の新著。ただこの中から、食物に関する感想を拾ってみる。

アメリカの料理が、うまくないことが、この本の中に二三度出て来る。そして、

〓ものの味が全然方針を異にしている。〓

と断定しているのは、流石に偉い。この感じ方、そして表現、共に非凡なり。

食書ノートⅥ

『たべもの東西南北』日本交通公社（昭和二十九年一月）

という題だから、名士の食談集かと思ったら、これは日本交通公社の仕事だけあって、食いものの旅行案内といったもの。日本全国、北から南へ、順々に土地土地の名物、料理を紹介し、解説し、料理法にまで及んでいる。

これは重宝だ。旅行する前に、その行く先きの食物を一応調べるという楽しみあり。そういう本だから、ざっと一と通り眼を通したという程度の読み方をしたのであるが、折から丁度腹も減っていたので、色々食いたくなって弱った。

北海道――青森

鮭の脂の乗ったところ、みがき鰊の、うまさを、思い出させてくれた。

米沢の牛肉の粕漬の紹介は当を得ている。これは、僕愛用品で、時々取り寄せている。

それから段々と、東京に入ると、どうやら、この調査は、落第だな。中華料理の、現今での有名店など、ほとんどいいところを逸しているし、銀座の十八屋が、とんかつ屋の部に入っていたり、おでん屋の部に、銀座のみやこが入っているなど可笑しい。神奈川県に、鎌倉ハムのことあり。戦後、その製法が全く異ったと思うが、そのことは書いてない。それから、神奈川県の山中にある、鮎風呂の霽月荘が脱けているようだ。あの辺の鮎は、僕は日本一だと思っているので、補訂してもらいたい。

長野県の若鶏の燻製ってのは一寸《ちよつと》試みたくなった。こういう名産の、駅売りの有無が、いちいち書いてあるのは、交通公社さん、行き届いている。そしてまた、商売品、料理店の料理と、全くの家庭料理、何々鍋というような、その地方独特のものを、別にして紹介してあるのもいい。

大体に於て、魚類を好まない僕であるから、魚貝類のところは、スースーッと通過。京都。これを読んでいて、今更ながら、京都というところも、食いものの色々あるところだなあと感心した。大市のすっぽん、辻留の懐石料理、近々に再認識したくなる。猪料理というのは、食ったことはないが、次の京都行の時は是非試みたし。

洋食の紹介は、どうも、行き届いていず、一養軒や萬養軒を、今さらフランス料理の店として紹介することもあるまい。

大阪へ入る。と、大阪独特の天ぷらのことが出ている。

福増の名があって、あの豪華（？）天ぷらを思い出した。僕は、大阪では、堀江の広重を愛用していたものだが、今はどうなったろう？　また、北にあった、大きなカキ揚げの梅月も、今ありや？

大阪のすき焼は、本みやけのはじまりから、伊勢松阪の肉を使っていたそうで、松阪牛は、

‖生れた時から、特別栄養のある食べ物を与え、マッサージなどして育てるもので、‖

とあるのには、驚いた。松阪牛は、ビールを飲まして育てるということはきいていたが、それ以上の贅沢をしているのか。牛がアンマをとっている姿を想像して、可笑しくなった。

大阪のすき焼のところで、松阪牛のことが出て来るのに、伊勢のところに、出て来ない。伊勢松阪、和田金の名は逸《つう》しては困る。

洋食のことは、大阪の分も、通ならず。一と通り店名が並んでいるだけ。

兵庫県――神戸の、中華料理、洋食のことは、もっとよく調べて紹介してもらいたい。これでは、ほんのカスっているだけ。牛肉のついでに、三ツ輪の味噌漬の紹介はあるが。

広島県――尾道市の鯛の浜焼は、戦後ここにしか無くなったので去年も、送らせて

食ったが、僕にとっては珍味の一つだ。

高知県――皿鉢《さわち》料理の紹介、適切。

福岡県――いつも季節に行けなくて、僕は食ったことがないのだが、白魚のおどり食いってもの、如何にも美味《うま》そうだ。

門司の枕潮閣は、あの眺望と共に珍重さるべきもの。これで見ると、由緒も中々《なかなか》に深く、誇りも持っているらしい。

博多の新三浦の水たきは、僕は大いに買っていて、水たきの味は、日本中にここだけだと思っているものだが、ここにも詳しく紹介されている。

こういう有名な店の紹介、またその地方の料理店での食いもの以外の、家庭料理、

＝〔備考〕純然たる家庭料理である。＝

というたぐいに、フームこれは、うまそうだなと思ったものが、少々あり。

長崎県の、椎茸の粕漬。こりゃあ、きっといいね。その他、その土地へ行って食ったら、感じが出るだろうと思えるようなのも、あった。

附録に、全国郷土鍋料理、汁物自慢集、それから漬物集。全国駅売り名物一覧表、駅弁一覧表があって、これは旅行必携だ。

但し、前記の如く、東京、大阪、神戸の如きところは、もう少し通な人に、再調査させて、完璧を期してもらいたい。

新版洋食記 I

近ごろの、食い歩る記である。

東銀座の、フランス料理、メーゾン・シドを覚えたのは、今年に入ってからのことで、これは、もっと早く知ってもよかった店。高峰のデコちゃんに教わって一人で行ってみた。

ここのシェフは、長いことフランスの本場で勉強し、三四年前まで、吉田さんのとこで料理長をしていた人だそうだ。そんなことはどうでもいい。食ってみよう、先ず。で、何を食おうかと、メニュウを取り寄せる。取り寄せるなんて言い方は、少し大袈裟のようであるが、何しろそのメニュウが、大きなアルバムくらいあって、厚さも相当あるんだから、一寸《ちょっと》、そう言ってみたくなったのだ。メニュウの大きいのは、愉しい。

ポタージュを、先ず。パンが、甘みのあるロールなのが、一寸気に入《い》らないが、ポタージュの味には、たんのうした。コーンのポタージュであったが、これは、本場のパリの味（と言ったって、僕はパリへ行ったことはない。形容ってものだ、これは）である。

ドロリ、コッテリ、そして熱くて、量も多く、ポタージュの味ここにありと言いたいくらいなものだった。それから次に行った時は、トマトだった、また、ほうれん草だった。そして、その度毎《たびごと》に、僕は、ポタージュは、ここが最高だと、思うのであった。

ここのポタージュを知ること晩《おそ》かったのは僕の不幸だったと言いたいくらいである。ポタージュばかりではない。この店には、色々美味《うま》いものがある。その随一は、メニユウに、うずら洋酒煮と書いてある、Caille Gastronome だ。

と、こう書いていても、今や僕の舌は、このコッテリとした、もろもろの脂の織り成す小交響楽を想起して、昂奮しかかった。これを、フランス料理の粋と、僕は、勝手に決定してしまった。

行く度に「うずら、うずら」と言って、こればっかり食ったものである。但し、残念なことには、うずらには、シーズンがあるから、暖かくなると、この料理、メニュウから消えてしまう。うずら洋酒煮（と、日本語で、書けば、そうとしか、書きようがないが、この味付けには、洋酒ばかりではない、フォアグラその他の、色々なものが用いられている）のためにも、僕は早く冬が来るようにと祈るのである。

Caille Gastronome を絶讃して、さて、まだ色々とこの店の料理について語りたいのであるが、新版洋食記としては、まだまだ書きたい店も色々あるので、先きを急ぐから、簡単に片付けよう。

フランス料理の中でも、鳥類が結局一番であろうことは、この店でも判る。そしてまた、大体に於て、魚類は好きでない僕のことであるから、ブイヤベイズの如き、生ぐさいものは、はじめっから手も出さないが、白身の魚の、淡《あっさ》りしたものは、二三試みた。小海老クリーム煮パイなどは結構なものだったが、フィレソール・ボンファムなどに至っては、これはプルニエの方が上で、こういうものを食べると、この店のシエフは魚料理に対しては、鳥料理に対するほどの情熱を持ってはいないと、断定したくなるほどだ。ここでは、ポタージュと鳥料理を。そして、オードヴルとしては、他では一寸食えない、フォアグラのカナッペが適当だろうし、デザートには、レモンのスフレをすすめたい。

メーゾン・シドへの僕の不満は、前にも一寸書いたが、パンが、甘味のあるロールだけなこと。もう一つは、店内の照明が暗いことだ。

料理は、見た目で、先ず食うものである。キャバレーや、バアのような、オツな暗さは、近眼プラス遠視という、われらの年齢の者には迷惑である。僕など、料理が運ばれる度に、眼鏡を外して、眺めてから食い始めなくてはならない。まるで料理を読んでいるようで、これではたのしくない。

　メーゾン・シドのフランス料理から、今度は、ぐっと、くだけたイタリー料理と出かけようか。

　西銀座のコーナー・ハウスは、スパゲッテイ専門で、マカロニは無いが、ラヴィオリや、ピザもあり、キャンティーで、それらを食うのは、手軽で安直でしかも美味い。だから、この店は、常に満員である。

　ヤマト女連れの、毛唐様で一杯なんで、飯時は、ほとんど入れないのが困る。

　同じイタリー料理に、麻布霞町の、イタリアン・ガーデンがある。こっちは、スパゲッテイの他、マカロニもあり、イタリーのヒモカワうどんTagliatellもある。すべて、イタリー式に、湯煮のままをミートソースや、トマトソースなど、好みのものを掛けて食うようになっている。僕はしかし、イタリー料理なら、ピザ・パイで、キャンティーってとこ、僕は、ウイスキー・ハイボールであるが。

　あの雄大な（と形容したいところの面積）ピザを一つ平らげるのは、相当の努力のように思えるが、やってみると、それ程のことはなく、お代りをしたいくらいである。そしてピザってものは、手で千切《ちぎ》りながら食うものであることを、その店で、本場人に教わった。

　パパロニのサラダってのは、あんまり、どっとしない。

イタリー料理といえば、われらは、戦争前に、ニューグランドや、ホテルのグリルで、もっと欧風化した奴を食っている。ラヴィオリーにしたって、いまのは、まるで蒸餃子のようで、あっさりし過ぎている。湯煮って奴だから、当然だが。ニューグランドで食った、ラヴィオリー・ニコアーズなんてのは、もっとひつこくて、ドロドロしていたものだ。

カネロニーや、ニョッキのたぐいも、僕は、むかし風の、ドロリとした味で食いたい。

ああしかし、食いものの東京は、戦前に戻ったようである。まあまあ、よかった。

新版洋食記　Ⅱ

烏森に、ブラザー軒という、洋食屋がある。何々軒と、軒の字の附くうちは、皆古くから、戦前から、ある店と思っていいだろう。

正に古いんだ、この店。

というのは、戦後数年経ってから、ふと、何気なく、セントラル（兼坂ビルの）へ、アメリカ映画の試写を見に行った帰りに、この店へ入ったら、おかみさんらしい人が、「あら何年ぶりでしょう。いいえ、何十年ぶりだか。古川さんは、文藝さんの頃からのおなじみじゃありませんか」と言った。

文藝さんと言われたのは、一寸《ちよつと》面喰って、何のことだか分からなかったが、よくきいてみると、文藝さんとは、文藝春秋社のことだった。言われてみれば、成程《なるほど》、僕が、大阪ビルの文藝春秋社に勤めていた頃、この店から、昼食に弁当をとったことがしばしばあるのだ。

文藝春秋社のあった大阪ビルには、地下にレインボウグリルがあって、洋食なら、何も、他処から、とらなくてもよかったのだが、レインボウグリルのは高いので、ここからとったものなのである。

高いと言っても、今考えてみれば夢の如し。レインボウグリルの定食は、昼は一円だったと思う。そして土曜日には、同じ値段で、ビフテキが出たと覚えている。しかし、当時の一円は、われらにとって、高過ぎたので、安い洋食弁当（合の子弁当と称した）をとったのである。確か、三十銭くらいだったろう。その、合の子弁当というのは、カツレツとオムレツ、それに御飯が、たっぷり附いていた。

おかみさんに、そう言われて、昔を思い出しながらさて何を食べようかと、メニュウを見ると、何と、百円均一ではないか。二百円するのは、ビフテキに、チキンカツレツくらいなもので、あとは、スープから、何から皆百円である。そこで、ポタージュと、コロッケを註文した。合の子弁当を思い出して御飯も。

さて、運ばれたポタージュは、量は多い。深い皿に、満々としているのであるが、全くこれをポタージュと称してもいいかどうか、一遍お伺いを立てたいくらいなもので、ただ牛乳の汁の塩ッぱいのの如きものであった。そして、コロッケは、大いなるもの二つ。括り枕を二つ並べた形で、これは大食いの僕でも、たじたじとなる程の量。それに、御飯も盛りがいいと来ては、ついに半分くらい残さざるを得なかった。

しかし、僕は、たのしかった。当時、帝国ホテル（は、まだ再開していなかったかも知れない）あたり（あるいは、プルニエでも）で、僕の満腹感は、千円では買えなかった。それが、二百何十円にして、大満腹なのである。そして、牛乳の汁のポタージュは、ホテルやプルニエの一流のポタージュとは、全く別なもの、別な料理、即ち百円の牛乳汁としての美味《うま》さが、ちゃーんとあり、括り枕のコロッケにも、われら若き日、学生時代の、なつかしい洋食の想い出の味がするのである。

僕は、その後も、兼坂ビルの試写の往きや帰りに、ブラザー軒へ行くことがしばしばある。そして、ハヤシライスの、大盛りの皿を眺めては、中学生の昔に返った思いをするのである。これを駄洋食と、蔑む奴に呪いあれ。ここには、アメリカ流侵入以前の、一皿満腹、日本流洋食の春風が吹いているのだ。

「おう、カレー一丁大急ぎ」と、カウンターの隣りへは、タクシーの運ちゃんも御入来だ。

「えー毎度ありがとう」の声も、ホテルや、プルニエでは、聞けない、威勢のいいあんちゃんの声だ。

一流のレストランの料理を、うまいのまずいのと言うもいい。しかし、こういう、まあ言ってみれば、二流どこ、三流どこの味も、これは、これなりに、受け入れる胃袋でなくっちゃあ、うまいもの食いとは言いかねよう。ものの例えが、汽車の食堂車で、洋食を食って、「こんな、まずいもの食えるか」と仰有《おつしや》る方は、決して食通ではない。汽車の食堂の料理は、中毒《あた》りさえしなきゃあいい。カツレツの、フライの、衣《ころも》が、ナイフ、フォークで、あしらううちに、はがれちまって、身は身、皮は皮と、別々になる。それが、食堂の料理の、「よさ」である。その離れたる皮の方に、ソースをかけて、皮としての（衣としての）味を、この際は、味わうといい。

ま、それは例えばなしだがね。

いくら食通にしても、そう毎日一流の店で、メニュウを睨んだところで、毎日うまいものにぶつかるわけには行かない。この事は、いつぞや「下司《げす》味礼讃」として、書いたが、駄洋食を、さんざ食っての上の贅沢だと思う。ポッと出の田舎ものが、いきなり一流のレストランへ行って、あすこの何はうまいの、何は、うまくないと言うことは、鼻持ちならない。

言っちゃ何だけど、天皇陛下（それも戦前の）だって、毎食うまいものばっかり食べちゃあ居られまい。百円均一の洋食屋に栄あれ。

東京の各方面には、このたぐいの安洋食屋が、沢山ある。そして、それらの店には、必ず何か、売りものの、得意の料理が一品宛《ずつ》は、あるだろう。それらを、順繰りに食べ歩いたら、どんなに幸福だろう。

ホテルのグリルや、プルニエ、東京會舘、アラスカなどのA級に対して、これらの店を、B級と言いたいが、まだB級は他にある。だから、安洋食屋は、C級として置く。では、B級とは、どんな店かと言うと、戦前《むかし》なら、不二アイス、オリムピックというような、言わばランチ屋さんだ。いまで言おうなら、不二家だの、ジャーマンベーカリーなどという、たぐい。

僕は、兎角《とかく》、A級またはC級好きで、B級の方は、たまに家族連れの時や、要談といった時にしか行かないので、あまり知識は無いが、その少ない経験の中でも、中々《なかなか》賞《ほ》めたいところが多いのだ。

不二家の二階の料理など、安いし、量は多いし、その上、婦人子供相手が多い為か、サーヴィスが、行き届いている。銀座マンは、安くて、うまいところを、よく知っている。清月という店なども安いし、うまい。

有楽町の、ジャーマンベーカリーへは、僕も、事務所が近いので、よく行くが、この料理は、いちいち良心的である。そして、ここでは、デザートの、バーム・クーヘンが殊にうまいので、それに惹《ひ》かれて行くことが多い。

駄パンその他

武者小路先生の近著『花は満開』の中に、「孫達」という短篇がある。先生のお孫さんのことを書かれた、美しい、たのしい文章である。

その中に、四人のお孫さん達が、食べものの好き嫌いがあるということを書いて、……僕は勿体ないとか行儀が悪いとか言うので、たべたがらないものを無理に食べさすことにはあまり賛成ではなく、偏食はよくないと思うが、食慾が起らないものを無理に食べさす必要はないのではないかと思っている。食物を外にすてる方が不経済か、胃腑の中にすてる方が不経済か、僕にはわからない。……

と言って居られるのは、大変面白い言い方だと思った。全く、嫌いな物を食べることは、胃腑の中へ捨てるようなものだろう。

丁度、これを読んだ頃、サンデー毎日の「パリ勤めの苦しさ」（板倉進）というのを読んだら、ここには、「食べ残し」の説が出ていた。パリのレストオランに於ては、……先ず食べ残すことを覚えるのが、第一課である……

とあり。

これも、無駄なものを、胃腑の中に捨てることはいけないと言う説である。

パリのレストオランのことを読んでいて、思い出すのは、それは文藝春秋の四月号だった、福島慶子さんの「巴里たべある記」の中に、

……凝ったフランス料理は、いくら美味でも毎日食べたら胃袋も財布も堪らない。こういう食事をした晩は何もしないで体を休め、翌日は断食、三日目に僅かな粗食と果物類を主にとり、四日目に再び美食に向って突進するに限る。さもなければ我々菜食人種は病気になる事受合《うけあい》だ。……

とあったことだ。

僕は、これを読んだ時、ああ福島慶子さんは偉い、流石《さすが》は武士の心がけ！　と感心したので、ノートして置いたのである。まことに、この中の「翌日は断食」というところでは、感動した。

この心がけがなくては、食通とは言えない。食物を愛する者とは言えないと思う。胃袋のコンディションのよくない時に、何を食ったって、第一、味が判りはしない。「腹の減った時に不味《まず》いものはない」とは永遠の真理である。

Hunger is the best Sauce.

という表現も、同じことを訓《おし》えている。

そういう受け入れ態勢を、自分で用意することは、料理人に対する礼であろう。料理人も亦、芸術家なのだから、芸術家に対するエチケットを心得るべきである。

そして、福島慶子さんは、言うのである。

「四日目に再び美食に向って突進するに限る」

ああ、美食に向って、突進！

花柳章太郎、鴨下晁湖などを同人とする、俳句の雑誌『椿』（第十二号）に、伊藤鷗二氏の「喰べもの記」がある。その中に、パン（いわゆるショクパン）のうまいのを探す話が出て来る。

プルニエのパンを賞《ほ》めているのは、賛成。

……併しパンだけ貰いに行くわけには行くまい。……

と、なるほど、プルニエへ、パンだけおくれと言って行くわけにも行かないだろう。

僕にしてからが、レストオランで、うまいパンにぶつかった時は、帰りに「分けてくれ」と言うことはあるが、それは料理を食った後のことだ。

この伝で、僕は、十八屋のフランスパンを、よく買って帰ることがある。レストオランで、パンのうまいのは、割に少ない。

伊藤氏が、ＯＳＳのパンを、「色も白く軽い風味で、ビフテキなぞの対手にはもって来いである」と評しているが、あの、アメリカ式の、なるほど色は白いが、スカスカと、味もソッケもないパンは、僕は嫌だ。アメリカ式の、純白パンは、終戦直後にこそ、輝くばかり、宝物のように見えたものだが、今となっては、パンは、アメリカ式の製法のは、ごめんだ。

レストオランで、パンのうまいところを、最近発見した。それは、日活国際ホテルの食堂である。ここのは、パンが、うまいと言うよりは、種類を色々出してくれるのが嬉しい。ボーイが、持って来る銀盆に、五六種のパンが載っているのを見るとウワーと声を出したくなるほど嬉しい。

再開されてから、未だ行く機会がないが、箱根の富士屋ホテルの食堂を思い出した。戦前の、富士屋ホテルは、パンの種類が揃っていて、ボーイの運ぶ銀盆を眺めて、「さて、どのパンにしようか」と迷う時の幸福を忘れない。再開後も、果たしていろいろなパンを出してくれるであろうか？

また、この文中に、三州味噌のはなしが、出る。僕も、味噌汁が大好きなので、毎朝の味噌に苦労しているが、三州味噌は、結構なものである。特に、しじみの味噌汁は、三州味噌に限るのではなかろうか。

岡崎の八丁味噌も、僕は好きだ。

ココアのように、濃い奴、そして身は、里いも（名古屋辺では、何とか別の名があったようだが、とにかく、里いものたぐいだ）の、それも、大きい奴（八つ頭ほどは、大きくない）を薄く切ったのに限ると思っているのだが。

僕の味噌汁好きは、相当なもので、夏の朝食は、パンにしているが、それでも、味噌汁は欠かさない。

トーストに味噌汁ってのは、合わないようでいて、まことに、よく合う。それも、豚肉や牛肉を入れたりして、味噌のポタージュと言ったものにしないで、純日本式の、いつものがいい。身は、豆腐、大根、葱、里いも――何でもいい。

あんまり同好の士は、ないようであるが、一度試みていただきたい。

トーストのバターの味と、味噌の味が混り合って、何とも言えなく清々《すがすが》しい、日本の朝の感じを出してくれるから。

パンの話で思い出した。

近ごろ――と言って、これは一体、何時ごろから売っていたものなのだろう――カレーパンだの、コロッケパンというものがある。少なくとも、これは僕らの若き日には、見たことがない。見た目からして、駄パンである。（駄菓子の駄の字なり）

多く、学生たちが、お昼に食ったり、遠足などに持って行くものらしいが、お値段が、一個十円なんで、これは、安い。

カレーパンというのは、カレーライスの上にかかっている、カレー汁を、パンで包み、それを、ドーナッツの如く揚げてあるのだが、とにかくこれが十円は安い。甘いような、辛いようような、馬鹿にされたような味であるが、この値段を思えば、実に、上等な食物であろう。

コロッケパンも、店によるだろうが、僕の食ったのは、とても美味《うま》くて、やっぱり一個十円だった。

駄パンも亦、よきかな。

文藝春秋九月号に、ジョージ・ルイカー氏の「日本料理は女房の味」が、ある。この中では、

……いわゆる料亭と名のつく様な場所では、高級料亭である程、それに正比例して、中身は益々少く、容器は増々大きくなる様である。……

という観察を、面白いと思った。

うどんのお化け

目下、僕は毎日、R撮影所へ通って、仕事をしている。そして、毎昼、うどんを食っている。

この撮影所は、かなり辺鄙《へんぴ》な土地にあるので、食いもの屋も、碌に無い。だから、一番安心して食えるのは、うどんだと思って、昼食には、必ず、うどん。そのせいか、大変、腹具合はいい。

そばも食いそうなものだが、僕は、そばってものは嫌い。嫌いと言うよりも、そばを食うとたちまち下痢する。子供の頃は、そんなことは、なかったんだが二十代から、そうなった。だから、江戸っ子の癖に、そばが食えない。従って、僕の食談には、そばに関することは、ほとんど出て来ないのである。

ヘンなもので、同業エノケン、榎本健一君が、大変な、そば嫌いである。彼は、先天的の、そば嫌悪症らしく、初恋の女性が、そばを好んだために、彼は、彼女を、あきらめてしまったという話があるくらいだ。

同業ではありながら、何もかも僕とは正反対の芸を持っているエノケンが、そば嫌いという点でのみ、共通している（おっと、酒を好むことを落してはならなかった）のは、面白い。

さて、うどんの話であるが、撮影所の近くにある、そば屋へ、毎日註文するとなると、さて、何うどんにしようかと、迷う。おかめ、卵とじ、鴨南蛮、鍋焼――と、昔風なのからカレーうどん、きつねうどん（油揚げの入った奴。無論関西から来たもの）あるいは、また、たぬきというのもある。これは、何かと思ったら（昔は、あんかけを、たぬきに称していたようだが）揚げカスを、載っけた奴であった。それなら、つい先頃まで、ハイカラうどんと称していた筈である。

ま、そんなところを、毎日メニュウを変えて註文しているうちに、どうも、十日以上にもなると、倦きちまって、カレーうどんに生卵を落してくれと註文したり、おかめと、きつねの合併したのを造ってくれと、言ったりし始めた。

ある日のこと、また色々考えた末に、今日は一つ、おかめと卵とじの合同うどんを拵《こしら》えてくれないか、と註文した。やがて、出前持ちの青年が、それを持って来たので、こんな妙な註文をする客は、他には無いだろうね、と言ったら、出前持ちいわく、

「いいえ、これはカメトジと言って、ちょいちょい註文があります」

へーえ？　と僕は驚いた。

が、更に、驚いたのは、出前持ち氏の次の言葉である。

「随分いろんなこと註文する方がありましてねえ。ええ、お化けってのも知ってますか?」

僕は、たちまち面白くなっちまって、

「お化け? へーエ、うどんに、そんなのがあるのかい?」

「あるんです」

「どんなんだい?」

「ええ、ネタを全部ブチ込んじゃうんです。おかめも、きつねも、たぬきも——」

「ハハア、それが、お化けか」

何と、お化けとは!

しかし僕は、可笑《おか》しくなっちまった。うどん食いにも、通《つう》はあるもんだな、と。で、そのお化けを、次の日早速試みたが、こいつは、正に、お化けで、味もヘンテコなものであった。

うどんと言えば、関西の鍋やきうどんを思い出す。薄く切った牛肉が入っているのが、馬鹿に嬉しい。東京の鍋やきとは、全く趣きを異にしている。

そばのことは知らず、うどんそのものは、東京のが一番不味《まず》いんじゃないだろうか。

名古屋のきしめん、京都の大黒屋なんかのは、ダシより、うどんそのものが、美味《うま》い。飯坂温泉で食った、うどんのカケが、憎々しいほど太かったのも、よかった。

などと、うどんについて語る資格は、無いんだが。そして、うどん界の女王、水之《ター》江滝《キー》子女史に、きかれたら笑われるであろう。

ターキーの、うどん好きは、昔から有名。彼女が、ほとんど、飯を食わず、三食とも、うどんだという、噂はきいていたが、交際《つきあ》うまでは、あんまり気にしていなかった。ところが、ある映画で、海岸地へ、一緒にロケーションに行って、そのうどんファン（ドン・ファンに非ず）ぶりを見るに及んで、なるほど、これは噂以上だ哩《わい》！と感心した。

　朝っから、いきなり、うどんである。ネタは、何でもいいらしい。大体に於て本当の、うどん好きなら、カケだ。

　朝から、カケ二つか三つ。

「ロッパさんも、つきあいなさいよ」

と言われて、そのロケーション中に、随分僕は、うどんを食った。

僕が、うどんを食うようになったのはそれ以来かも知れない。

ターキーは、うどんのみならず、粉食なら何でも歓迎らしい。支那そば、雲呑《ワンタン》の、うまいところなんか、彼女に、きけば、たちまち判る。

戦時、代用食として、焼うどんなどというものを、食わされた。しかし、焼うどんてものを、僕が、生れて初めて食ったのは、関西で、それは戦争はるか以前のことだった。うどんと言っても、たしかヒモカワだった。挽肉を掛けて、炒麵のように、軽く炒めたものである。これはこれで、お値段から言って、決して悪い食いものではなかった。今でも、焼うどんを食わせる店は、東京にもあるが、僕は、汁の中へ浸っているのより、この方を愛す。

というところを見ても、僕は、江戸前のそばに関しては、大きな口は、きけそうもない。

そば屋ばかりじゃない。すし屋についても、僕は、すし通は、並べられない。何しろ、まぐろが食えないんだから、トロもヅケもない。まぐろを食えば、たちまち蕁麻《ジンマ》疹《シン》。赤身の魚は一切駄目。すし屋へ行ったたって、食えるものと言ったら、こはだ、あなご、卵と言ったところ。それから、関西風の生海老、いわゆるおどりというのは大好きだ。そして、僕は、ゴハン（シャリ）も、江戸風の酢で黄色くなってるようなのより、関西風の、酢の弱いシャリの方が好きというんだから、ますます以て、江戸っ子の顔よごしであろう。

いいえ、野暮な話だが、大阪の押しずし、蒸しずし（ぬくずし）なんかも、好きだ。魚ってもの、貝ってもの（貝に至っては貝と名のつくものは一切食えない）を、食わない、いや、食えないんじゃあ、日本食について語る資格は、自分でも無いと思っている。旅なんかして、宿屋の食事には、常に参っちまう。野菜ばっかりの方が、ずっといい。

日本料理については、カラ駄目。

その代り、ちょいと脂っこいもののことになったら、うるさいよ。

お作法の巻

近頃、西洋料理を怖がっている人が、割に多いことに気がついた。

西洋料理そのものが、怖いんじゃない、その食べ方、作法が、判らないというのだ。

こんなことは、戦争前には、よっぽど田舎へでも行かなければ、きいたことはない。

都会の育ちなら、洋食の食い方——作法、とまで行かなくっても、ナイフ・フォークの使い方は心得ていた筈である。

ところが、戦争という、西洋ってものを忘れる時代、洋食に対してもブランクだった時代が、相当長かったせいであろう。その時代に育った若人たちは、ナイフだの、フォークを使うすべを知らないので、今日に至っても、西洋料理屋ってものを敬遠しているのだ。

帝国ホテルのグリルが再開した時だった。僕は、そこへ、若き女性を伴って行った。

他では食えないような、珍味を、御馳走したから、帰りには、

「ああ美味しかった。こんな美味しいものはじめて食べたわ！」

と言って、彼女は、喜ぶに違いないと思っていたところ、

「あんなとこへ連れて行って、あたし、どうして食べていいか分からなくって、冷汗かいちゃったじゃないの。恥かいちゃった！」

と言って、すっかりゴキゲンが悪かったのには、なるほど、あとで考えてみれば、戦国時代の女性なんだから、無理はないんだが、その時は、くさった。

そこへ行くと、僕たちは、子供の時から、ナイフやフォークに馴れているから戦争中のブランクはあっても、今更、洋食がコワイわけはない。

僕はまた、その点、一寸《ちよつと》自信があって、どんな料理でも、ナイフ・フォークのさばきは、鮮やかにやってみせる。

その代り、僕は、箸が持てない。

いや、持てないことはない、毎日、箸を使って飯を食ってはいるんだが、箸の正則的な持ち方が、出来ない。

二本の箸の間へ、ちょいと指を一本ハサむようにして動かすでしょう？　あれが駄目なんだ。二本の箸を、くっつけたまんま指を挿入することなくして、ちゃんと器用に何でも、抓《つま》んでお目にかける。

だが、これは、映画の中なんかで、飯を食う場面があると、監督に、

「おや、ロッパさん、まだお箸が持てないんですか？」

と笑われる。

しかし、箸を正則に持てない人は、案外多いようだ。握り箸だの、何とも形容出来ないような珍な持ち方をする人もあるようだ。

アメリカの兵隊が、終戦直後、日本へやって来て、日本家庭へ入って、先ずこの箸の使い方を習った。

「チャップスティックを、あなたは、実にうまく使いますねえ。日本人以上だ」

と賞《ほ》められて、ますます得意になって飯を三杯食って見せたGIがある。

三杯、全然おかず無しだから、可笑《おか》しかった。

終戦直後のことだから、碌な宴会じゃなかったが、その頃から流行のパーティーって奴で、僕の前へ箸、アメちゃんの前へ、ナイフとフォークが出たら、そのアメちゃん、僕が箸の持ち方がヘンだってことを知ってて、ニヤッと笑って、自分の前にあったナイフとフォークを僕の前へよこして、箸を自分が持って行ったのは、よかった。

箸の持ち方はうまいが、GI達の、ナイフやフォークの使い方は、荒っぽい。

終戦の直ぐ後、こうなったら、そろそろ洋食の食い方を、子供にも教えて置くべきだと思って、僕は長男を銀座のレストオランへ連れて行ったことがある。すると、そこへ、MPが二三人入って来た。

こいつは、実地見聞が出来る。

「アメリカ人が食べるのを見ててごらん」

と、子供に言って、見てると、ひどい。

ナイフで、肉を切っといて、そのソースの附いたナイフを舐める。大きなジャガイモを、フォークで突き刺して、グルグル廻しながら食う。すべてこれ、カウボーイ流。コーヒーは、ソーサー（受け皿）に、こぼして、さまして、シューッシュッと音を立てて飲む。

こいつは、いかん。子供にいわく、

「あれは、総て、やってはいけないことの見本のようなもんだ」

いずれは、テキサスあたりのアンちゃんMPだったのだろうが、全く、モノスゴかった。

テキサスばかりじゃない。現在の（戦後の）日本は、東京に於ても、随分、ナイフやフォークを、曲芸の如く使う人々がいる。

汽車の食堂で、僕は、そういう人を、何人か見た。

カツレツと、ホワイトライス（と言って悪ければ、ゴハン）を前にして、先ずカツレツを、ナイフで、すっかり切ります。そこへ、ドブドブッと、ソースをかけます。

次に、ゴハンを、ナイフとフォークを用いて、口へ運ぶのである。

ナイフは使わなくってもいいと思うんだが――いいえ、ナイフと言ったって、切れやしないから、唇を切るような危険は無いだろうが――フォークでは足りなくってナイフで補佐するらしい。

この曲芸は、どうも感心しない。そして、戦前には、あんまり見たことのない、新しき食い方である。

洋食であるから、ゴハンといえども、ナイフと、フォークを使わなくっちゃ、法にかなわないんだと思っているわけでもあるまい。

とにかく、ひどく品が悪いから、あれは流行《はや》らせたくない。

それから、品の悪い話のついでに、もう一つ。

ライスカレーを食べるのに、いきなり匙で、コテコテとかき廻し、コネ廻し、ドロドロにしちまって、やっと気が済んだみたいな顔をして、食べ始める人がある。

本場の、ライスカレーの食い方は知らず、日本に於ては、あんまり、コテコテこね廻さない方がいいと思うんだが、如何？

何も、これは、ライスカレーには限らないんですよ。

ゴハンものでなくっても、兎角《とかく》、コネ廻したがる人があるが、やっぱり、コネずに、タテに食った方がいいだろう。

いえ、全く、よけいなお世話だが。

タテに食うってのは、つまり、端から順々に、中央部へ向って縦断面を作って行く食い方を言うのである。
そういう食い方だったら、第一、食い残されたって、誰かが頂戴出来る。
コテコテコネ廻してあっちゃあ、どうもネ。

ああ東京は食い倒れ

戦争に負けてから、もう十年になる。戦前と戦後を比較してみると、世相色々と変化の跡があるが、食いものについて考えてみても、随分変った。

ちょいと気がつかないようなことで、よく見ると変っているのが、色々ある。

先ず、戦後はじめて、東京に出来た店に、ギョーザ屋がある。

以下、話は、東京中心であるから、そのつもりで、きいていただきたい。

ギョーザ屋とは、餃子（正しくは、鍋貼餃子）を食わせる店。むろん、これも支那料理（敗戦後、中華料理と言わなくちゃいけないと言われて来たが、もういいんだろうな、支那料理って言っても）の一種だから、戦前にだって、神戸の本場支那料理屋でも食わせていたし、また、赤坂の、もみぢでは、焼売《シューマイ》と言うと、これを食わせていたものである。もっとも、もみぢのは、蒸餃子であったが。しかし、それを、すなわち、ギョーザを看板の、安直な支那料理屋ってものは、戦後はじめて東京に店を開いたのだと思う。

僕の知っている範囲では、渋谷の有楽という、バラック建の小さな店が、一番早い。餃子の他に豚の爪だの、ニンニク沢山の煮物などが出て、支那の酒を出す。

この有楽につづいて、同じ渋谷に、ミンミン（字を忘れた）という店が出来、新宿辺にも、同じような店が続々と出来た。

新宿では、石の家という店へ行ったことがある。餃子の他に、炒麵や、野菜の油炒め、その他何でも、油っ濃く炒めたものが出る。客の方でも、ニンニクや、油っ濃いのが好きらしく、

「うんと、ギドギドなのをくれ」

と註文している。

ギドギドとは、如何にも、油っ濃い感じが出る言葉ではないか。これらの餃子屋は、皆、安直で、ギドギドなのを食わせるので、流行《はや》っている。

もともと、支那料理だから、東京にも昔からあったものであるが、これは、高級支那料理とは違うし、また、いわゆるラーメン看板の支那そば屋とも違って、餃子を売りものの、デモクラティックな店なのである。

餃子屋につづくものは、お好み焼。

これとても、戦前からあったものに違いないが、その数は、戦前の何倍に及んでいるか。とにかく、やたらに、お好み焼屋は殖えた。腹にもたれるから、僕はあんまり

愛用はしないが、冬は、何しろ火が近くにあるから、暖かくていい。

お好み焼屋のメニュウは、まことに子供っぽく、幼稚だ。そして、お好み焼そのものも、いい大人の食うものとは思えない。が、これが結構流行るのは、お値段の安直なことによる。

そうは言っても、お好み焼にも、ピンからキリまであって、同じ鉄板を用いても、海老や肉を主とした、高級なのもある。むろん、そうなると、安くはない。

お好み焼は、何と言っても、材料の、メリケン粉のいいところが、美味《うま》いし、腹にも、もたれないから、粉のいいところを選ぶべきである。

それと、今度は、アメリカ式料理の多くなったことだ。

衛生第一、しかし味は、まことに貧弱な、アメリカ式の料理（料理という名も附けたくない）が、到る所で幅を利かしている。ハンバーガーと称する、ハンバーグ・サンドウイッチや、チーズバーガーなんていうものが、スナック・バアでは、どんどん売れている。

ハウザー式という健康食も、味は、全くどうでもいいらしい。ミキサーが、やたらに方々で、音を立てているが、これとても、果物の味は、ミキサーの廻転と共に、ふっ飛んでしまっている。

その他、カン詰の国アメリカの、そのカン詰料理の、はかない味は、常に、僕をして、薄い味噌汁を味わうような、情なさを感ぜしめる。そのくせ、尾張町の近くにあった、不二アイスのような、純アメリカ式ランチ屋は無くなってしまった。不二アイスの、スチュウド・コーンや、パムプキン・パイは、今でも時々は食いたいと思うことがある。

不二アイスばかりじゃなく、アスターだの、オリムピックのような、ランチ屋も、今は無くなった。星製薬のキャフェテリアなども、代表的な、アメリカン・ランチ屋だったが。そして、それらの昔の店の方が、今のアメリカ料理よりは、遥かに美味かったのは、どういうものであろうか。

さてしかし、戦後、食いもの屋の中で、一番数が多くなったのは——いいえ、食いもの屋全体の数が、戦前の一体、何倍になっているか——やっぱり、支那料理屋であろう。それに続いて可笑しいことには、主食の販売が、うるさくなるにつれて、ゴハン物の店が、ぐっと多くなっていることだ。すし屋が、そうだ。釜めし屋、お茶漬屋だって、たとえば、戦前の銀座には、あすこはこことと、数えるくらいしか無かったのが、今の銀座は、横丁へ入る毎《ごと》にそういうゴハン物の店があるようになった。

やきとり屋も、やたらに多くなった。これについてはまた後に詳説するつもりであるが、銀座ばかりではなく、東京の盛り場には、やきとり屋は、これも戦前の何倍かになっているであろう。

もう一つ。それは各国料理屋が、色々と店を拡げたこと。戦前から、少し宛《ずつ》はあったが、今のようにロシア料理、ドイツ料理、イタリー料理、などの店が、各々東京都内だけでも数軒、あるものは数十軒もあるというようなことは無かった。朝鮮料理、台湾料理の店もある。各国料理の店、そして、成吉思汗鍋から、ミルクワンタンというような変り種、さてはホルモン料理のゲテもの屋の数々。

かと思うと、戦前からの古い、有名な店々――ぼうずしやも、ももんぢや、豆腐料理の笹の雪、あい鴨のとり安、等々も、昔の通り流行っている。近くは、揚げ出しも復活したとかきいた。

かくて、今や、ああ東京は食い倒れである。

牛鍋からすき焼へ　I

「おうなにしますか、それとも、ギュウがいいかい？」

と、僕の祖母は、鰻を「おうな」牛肉を「ギュウ」と言った。

無論、明治の話。しかし、それも末期だ。だから、その頃は、牛鍋は、ギュウナベと言いました。

今でこそ、牛肉すき焼と、東京でも言うようになったが、すき焼というのは、関西流で、東京では、ギュウナベだったんだ。今でも、ギュウナベと言いたいんだが、そんなこと言ったら、映画を活動写真と言うのより、もっと嘲《わら》われそうだ。いいえ、通じないんじゃないか、第一。

僕が、その牛鍋を、はじめて食ったのは、四谷見附の三河屋だった。

三河屋の牛鍋は、それから何十年間、成長してからも、食った。そして、今でも、牛肉と言えば、三河屋を思う程、深い馴染の店だった。

そして、誰が何と言っても、三河屋くらい美味《うま》い店は無かった、と思っている。

四角い、長方形の薄い皿に、牛肉が並んでいる。皿は、周囲に藍《あい》色の模様、肉の並べてある中央部は白。その皿が、ずうっと何十年間続いていた。

他と違うのは、その皿の中に、牛肉の上に、タレがかけてあったこと。

タレと言っては間違い、ワリシタと呼ぶのが正しいそうだが、ま、どっちにしても、その汁がかけてあって、女中が、その皿から、牛肉を鍋へ入れた後、皿に残った汁を、鍋の中へあけていたのを覚えている。

三河屋の牛肉のうまかったのは、牛肉そのものの吟味してあったことは言うまでもないが、ワリシタが、よかった。皿の中の汁以外に、ワリシタを入れた器があり、それに秘伝もののワリシタが入っているのだが、その蓋を除《と》ると、プーンと強い味淋の匂いがしたのを、これも判然《はっきり》覚えている。

三河屋では、ザクは、葱一点張りで、(いや、シラタキはあったような気もするが)豆腐などは出さなかった。

そして、ああこれは肝腎《かんじん》なことだった。その頃は、生卵なんか附けて食いませんでした。生卵を附けて食うのは、あれは(今では、もう東京でもどこでも、やっていますが)関西から渡って来た、食い方で、三河屋は、ワリシタ自慢。生卵など出さなかった。(後年は、出した)

うまかったなあ、絶対。

子供の頃から大人になるまで、何十遍か何百遍か通った、三河屋も、戦争が始まる前あたりかな、姿を消してしまった。僕は今でも、四谷見附を通る度《たび》に、ああの辺だったな、と思い出す。

牛込神楽坂にも、島金という牛鍋屋があった。ここは、牛鍋専門ではなくて、色々な料理が出来た。

子供の時、父に連れられて、幾度か、島金へも行ったが、牛鍋の他に、親子焼（鶏肉の入った卵焼）の美味かったことを覚えている。

一昨年の冬だった。ある雑誌の座談会が、この島金で催されて、何十年ぶりかで行った。なつかしかった。しかし今は、牛鍋屋でなくて、普通の料理屋になっている。

同じ神楽坂に、えびす亭がある。

ここいらは、早稲田の学生頃に、よく行ったが、学生向きで安直なのが、よかった。安直ということになれば、米久の名が出る。米久は、一人前五十銭（？）から食わせた、大衆向の牛鍋屋で、しかも、その五十銭の牛鍋の真ン中には、牛肉が塔の如く盛り上げてあったものである。

米久は、いろはの如く、方々に支店があり、どの店も安いので流行《はや》っていた。

そして、各店ともに、大広間にワリ込みで、大勢の客が食ったり、飲んだりしている。その間を、何人かの女中が、サーヴィスして廻る光景が、モノ凄かった。客の坐

って る前を、皿を持った姐さんが、パッと、またいで行く。うっかりしていると、蹴っとばされそうだった。「牛屋《ギュウヤ》の姐さんみたいに荒っぽい」という形容が、ここから生れたのである。

本郷へ行けば、大学生相手の、豊国、江知勝。

浅草まで飛べば、ちんや、松喜《まつき》、今半《いまはん》。

僕は昭和八年から、足かけ三年間を、浅草で暮したので、随分、この辺の牛鍋も突ついている。

ちんや、今半も、それぞれ特色はあったが、僕は、松喜を愛した。

新派の梅島昇と、その頃よく松喜へ行ったのを思い出す。彼は、田圃の平埜《ひらの》が本城なのだが、松喜も好きだったらしい。

浅草の牛屋は、まだまだあって、夜あかしの東亭や、米久なども数えなくてはなるまい。牛ドンの、カメチャブ屋のことは、今回は語らないことにしよう。

銀座方面にはまた、銀座の松喜、今朝《いまあさ》、太田屋——僕は、今朝を愛用していた。

さて、まだまだ東京中の牛屋を語って行けば、話はつきないが、ここで、牛鍋からすき焼へという時代となるので、そこんところを、じっくりと語りたい。

今までの話は、これ大体牛鍋の話なのである。東京式の、醤油や味淋《みりん》のワリシタで、煮る、牛鍋だ。ところが、それが段々と、すき焼という名の牛鍋に変遷するのであるが、これは関西風の、すき焼ってものから語らなければ、ならない。

牛鍋を一寸《ちよつと》一遍、火から、おろして、すき焼の方にかかろう。

僕が、はじめて関西風の、すき焼なるものを食ったのは、さアて――大正何年くらいのことかなあ？

「肉すき致しましょうでっか？」

というようなことを言われて、関西風の、すき焼を、はじめて致した時は、かなり面喰ったものであった。

ザラメを入れる、味噌を入れる。ザクの数がまた、やたらに多い、青い菜っぱ、青い葱、ゆばから麩《ふ》まで入れる。そこへまた、牛肉そのものの、薄い大きい片を、まぜこぜにして、ぶち込んで、かき廻す。なるほど、こいつは、ギュウナベじゃなくって、すき焼って感じだった。

醬油ッ辛い奴ばかり食い馴れていた僕は、この生ぬるいような味には、妥協出来なかったものだ。それが、大阪は南、本みやけの、すき焼から、網清だの、何のと食い歩いているうちに、ギュウ鍋とはまた別のものとして、すき焼も亦、いいではないか、という気がして来た。

本みやけでは、ヘット焼と称して、ビフテキの小さいくらいの肉を、ジュージュー焼いて食わせるのを始めた。

これを、初めて食ったのは、谷崎潤一郎先生に連れて行っていただいた時だった。

「フーム、こいつは食えます」

と、やたらに食って先生を呆れさせた。

神戸の三ツ輪の、紅の肉が紙の如く薄く切ってあるのを、嘆賞したのも、京都の三島亭を覚えたのも、丁度その、震災直後ぐらいのことだったようだ。

京都では三島亭の他に、おきなだの、鹿の子を知り、ヘット焼を、油煮《あぶらだき》としてあらためて食わされたものだ。

さて、ここに、それら関西風の、すき焼を語ったのは、やがてこれが、関東へ進出して、ギュウ鍋軍と戦い、ついに勝って、東京も亦、すき焼の天下となるおはなしの序である。

関西すき焼軍勝利のテンマツは、次回の読みつづきと致します。

牛鍋からすき焼へ　Ⅱ

前回からの読みつづき。

関東牛鍋軍、ついに関西すき焼勢の軍門に下るという、眼目に入ります。

さて、前回に、関西の牛肉すき焼と、関東の牛鍋（ギュウナベと読むんですぞ）のあり方について、かなり、くどく語ったが、それは、関東流と関西流とが、かなり違った食いものであったことを、念を押したかったのである。

そして、僕の如きは関東の牛鍋が、勿論好きであるが、牛鍋とはまた全く別な食いものとして、関西流すき焼も亦、悪くはないと、両方を食い比べているうちにそういう心境に迄至ったのであった。

が、さて、判然《はっきり》と、これは大正何年とか昭和何年とか、言うことは出来ないけれど、大体に於て、大正十二年の関東大震災の後ぐらいからではあるまいか、東京にも、段々と、関西風すき焼が進出して来たのは。そして、大いにこれが勢力を得て、それから、関東京の店でも、牛鍋とは言わなくなり、もっぱら、すき焼と称するようになった。看板も、牛鍋という文字は、見られなくなって、すべて、すき焼となってしまった。しかし、これは名前だけのことで、実は関西流のすき焼が、東京でも全面的に行われるようになったわけではない。

戦後の今日に至っても、純関西風すき焼の店はあんまり無くて、やっぱり昔からの東京風牛鍋なんだが、名前は全部すき焼となってしまった。しかし、ふり返ってみると、一時は、大分その関西風すき焼が、東京へも進出して、東京風との間を行く、アイノコ流が流行《はや》ったことがある。

昭和十年頃のことかと思う。日本橋に井上というスキヤキ屋が出来て、ここでは、京都の三島亭から肉を取り寄せているとかいうことで、その「演出」も、すっかり京都風だった。

ヘット焼と言ったか、オイル焼と言ったか、手っ取り早く言えば、油炒めであるが、ジャガ薯だの、カブなんかも入れて、ジュージュー焼いて、大根おろしで食わせたのは、東京としては珍しかったし、夏場は冷房などもあって、中々《なかなか》贅沢なものだった。

それから、やっぱりその頃だったと思う。浜町に橋本という、すきやき屋が出来て、菊池寛先生などは、愛用されていた。この店については、小島政二郎先生の『食いしん坊』でも、三河屋等に優る味だったと絶讃してある。

僕の昭和十一年三月三日の日記が、この橋本に触れているので、抄《ぬ》いてみる。

……浜町の橋本へ、牛肉を食いに行く。肉はいいが、ワリシタが、いけない。ナマに、胡椒《こしょう》をかけて来ること、葱の切り方、すべて京都三島亭あたりのやり方なり。僕は、井上の方が好きだ。……

これを以て見ても、その頃の、スキヤキは、関西流が大分流れ込んで来ていることが判る。

また、やはりその頃のことだろうか。東京會舘の屋上で、スキヤキを食わせるようになったのは。夏場だけ、屋上で、スキヤキをやり、別に、スキヤキ・ルームと称する部屋も出来たが、これらは皆、関西風だった。

そのうちに、戦争。それが済んで、東京中に、食いもの屋が氾濫するに至ったが、さて、割合に、スキヤキ屋は、数が多くない。

築地に、夕ぎりという、これも冷暖房完備の、女中美人多しの、スキヤキ屋が出来た。伊勢松阪から肉を取り寄せているそうで、上等なものだ。しかしここは、関西風で、醬油ッ辛いワリシタの、牛鍋気分とは縁が遠い。これだの、その他、戦後派の店が幾つかあるが、すし屋だの、支那料理屋に比べれば、スキヤキの数は全く少ないと言えよう。

戦前からやっていた、今朝《いまあさ》の新橋の店は、やっている。ここのは、関西風ではなく、ワリシタで食わせるので、牛鍋気分である。

浅草の今半《いまはん》だの、松喜《まつき》もまたやり出した。そしてこれらは、皆関東流である。牛肉の鍋で変った店があったのを、思い出した。新橋の、うつぼ。牛肉ぶつ切りという奴。これは、ネギマのマグロの如く、牛肉をブツ切りにしたのと、葱も五分に切ったのを、味噌煮で食うのである。これは、如何にも安っぽくて、ゲテな味だったが、こんな店も、今の東京に一軒ぐらいあった方がいいな。

牛肉の鍋では、まだ変ったのがあった。終戦後間もなくの頃、と言ったら、まだ食いものの乏しい頃のことである。京都へ興行に行った時、谷崎潤一郎先生に連れて行っていただいた十二段家の鍋だ。終戦直後のことで、まだ自動車も乏しく、南座からそこ迄、人力車で行ったことを思い出す。

十二段家と言っても、昔の、幕の内だの何か食わせる十二段家ではなく、今のは、祇園花見小路にあって、洋食屋だ。谷崎先生に、その十二段家の、独特の牛肉鍋を御馳走になった。牛肉の鍋と言っても、ここのは頗《すこぶ》る変っている。火鍋子《ホーコーツー》が出て、その中へ自分で、ナマを入れて茹でて（というのは、火鍋子の中の汁には味が附いていない）適当なところで引き揚げて、一種の味噌の如きもの（これに秘伝があるのだろう）を附けて食うのであった。ベトベトとした味噌の如きものには、胡麻のにおいがしたような気がする。何しろ、食物の乏しい頃だったから、貪るように食ったので、あっ味についての記憶があんまり判然していない。昂奮する程の味ではなかったが、あっさりしているから、いくらでも食えた。

やっぱり、その時の京都だったか、白水（？）という店で、牛肉のバタ焼を御馳走になり、肉に飢えていた頃のことだから、僕は大いに食って食って、食いまくって、

「えらいもんやなあ。先生、あんた、牛肉一万円食うてくれはりましたで」

と御馳走した人をして喜ばしめ（？）たことがある。

その後、いささか礼節を知ったのか、まだ、一人で一万円の肉を食った経験《こと》はない。

近頃での、面白い経験は、去年の暮、笑の王国の旧メンバーの忘年会で、サクラ鍋を食ったことであろう。サクラとは勿論馬肉のことだ。俗に言うケットバシ屋。浅草の、あづまという店。僕は、あんまりゲテモノ好きではないので、サクラときいては、どっとしなかった。だから、恐る恐る鍋を突ついたのであるが、これは割合にイケました。味噌ダレでクタクタに煮ちまうんだからよく味は判らない。が、まあ下手な牛肉を食うくらいのことはある。黙って食わされりゃあ牛肉だと思ったに違いない。

さて、お話は、大分可笑しくなって、牛鍋スキヤキ合戦記は、ウヤムヤになってしまい、馬が飛び出してしまった。

食談から駒が出てしまいました。

というのは、サゲになりませんかな。

甘話休題 I

もう僕の食談も、二十何回と続けたのに、ちっとも甘いものの話をしないものだから、菓子については話が無いのか、と訊いて来た人がある。僕は、酒飲みだから、甘いものの方は、まるでイケないんじゃないか、と思われたらしい。

ジョ、冗談言っちゃいけません。子供の時は、酒を飲まないから、菓子は大いに食ったし、酒を飲み出してからだって甘いものも大好き。つまり両刀使いって奴だ、だからこそ、糖尿病という、高級な病いを何十年と続けている始末。

じゃあ、今日は一つ、甘いものの話をしよう。今両刀使いの話の出たついでに、そこから始める。

僕は、いわゆる左党の人が、甘いものは一切やらないというのが、どうも判らない。

しかし、まんざら、酒飲み必ずしも、甘いものが嫌いとは限らない証拠に、料理屋などでも、一と通り料理の出た後に、饅頭なぞの、菓子を出すではないか。

あれが僕は好きでね。うんと酒を飲んだ後の甘いものってのは、実にいい。

殊に、饅頭の温めた奴を、フーフー言いながら食うのなんか、たまらない。アンコのものでも、ネリキリじゃあ、そうは行くまいが、饅頭系統のものは、温めたのに限る。京都の宿屋で、よくこれを朝出すが、結構なもんだ。

と、話は餅菓子、和菓子に及んだが、僕は、洋菓子党です。

子供の時から、ビスケットや、ケーキと呼ばれる洋菓子を愛し、今日に至っても、洋菓子を愛している。子供の頃、はじめて食べた、キャラメルの味から、思い出してみよう。

森永のキャラメルは、今のように紙製の箱に入ってはいず、ブリキ製の薄い缶に入っていたと覚えている。そして、キャラメルそのものも、今の如く、ミルク・キャラメルの飴色一色ではなく、チョコレート色や、オレンジ色のなど、いろいろ詰め合わせになっていた。

味も、ぐっとよくて、これは、森永さんとしては、はじめは、高級な菓子として売り出したものではないかと思う。

ブリキの缶には、もうその頃から、羽の生えた天使のマークが附いていた。

森永のミルク・キャラメルに前後して、森永パール・ミンツなどという、これは庶民的なキャンディーも売り出された。

これらの菓子は、種苗などを入れるような紙の袋に入っていた。

小学校の遠足に、それらの菓子が如何にもてはやされたか。キャラメルも、ネッスルのや、その他色々出来たし、水無飴もその頃出来た。チュウインガムが流行《はや》り出したのも、その頃。

その頃というのは明治末期のこと。

さてしかし、それらはみんな庶民的な、西洋駄菓子であって、贅沢なおやつには風月堂のケーキ、青木堂のビスケットなどが出たものである。

風月堂の、御進物用の箱をもらった時の悦びを忘れない。上等なのは、桐の箱入りで、デコレーションの附いた、スポンジケーキが、ギッシリと詰っていて、その上へ、ザーッと、小さな銀の粒や、小さな苺《いちご》の形をしたキャンディーが掛けてあった。掛けてある、という感じなのだ。そのスポンジケーキの合間々々にある姿が。

桐の箱の蓋を除《と》ると、プーンと、ケーキのにおいが鼻へ来る。温かいような、バタのにおいである。

青木堂のビスケットと書いたが、ビスケットと言っても、これはクッキーである。その種類色々あり。

マカロンが先ず第一の贅沢なもの、これは後年『人形の家』のノラが、しきりに食べることを知り、イプセンも、マカロンの愛用者ではなかったかと思った。

マカロンの、いささか濃厚な味は、しかしフランスの乾菓（キャンディーではない。

いまでいうクッキー）の王者だった。

マカロンの他にデセール、サブレー、ウーブリ、ビスクイなどという種類があり、乾葡萄の枝ごとのもあった。

これらは、実に美味《うま》いとも何とも、口に入れれば、バタのコッテリした味が、ほろほろと甘えて来る。ああ思い出す。

僕は後年、あれは（あんなに美味かったのは）子供の頃のことを、美化して思い出しているんじゃないかな？　という気がして来た。つまり、あれを今食べてみれば、大したことはないんじゃないか、と。

ところが、最近その頃の青木堂に関係していた人に、青木堂では、それらの乾菓は、当時フランスから輸入していたのだということを聞いて、それじゃあ美味かった筈だと思い、昔は随分日本も贅沢だったんだなあと思った。

青木堂という店は、当時市内何軒かチェーンストアーがあり、僕の言っているのは麹町の店のことである。

本郷の赤門傍にも青木堂があって、その二階は喫茶部になっていた。そこで食ったシュウクリームの味、それに大きなコップに入ったココアの味を覚えている。

そういう乾菓を愛したせいか、長ずるに及んでも、僕はクッキーの類が好きだった。

戦争前は銀座のコロムバンのクッキーが、何と言ってもよかった。

神戸のユーハイムその他にも、クッキーは美味いのがあったが、僕はコロムバンのを一番好み、二番目は、トリコロールのだった。トリコロールの方は、少し甘過ぎて、ひつこかったが、また別な味があった。

これらのクッキーを、僕は旅行先へも送らせて、毎朝愛食したものである。

さて、それでは、クッキーは戦後どこがうまいか、ということになると、僕は戦前ほどうまいものは現在は無い、と答える。

しかし、それは無理もないのだ。第一にコナの問題だ。第二にバタである。戦前のような、見るからに黄色い、濠洲バタというものが入らなくなったのであるから、(今のようなバタくさくないバタというものは、この場合どうにもならない)やむを得ないことなのだ。そのため、現在の東京で造られているクッキーは、その原料の関係上どうしても昔のような、適当な堅さが保てなくて、堅すぎるか軟らかすぎるか、どっちかになっている。

イヅミヤのクッキーは、大分有名になったが、一寸《ちよつと》煎餅を食うような堅さで、ポリポリ食わなければならない。味はバタっ気こそ少ないが、うまく出来ている。

クローバーのはちと甘過ぎるが、味はリッチな感じ。一方が甘過ぎるからというのか、ここにはチーズ味の(甘味抜きの)クッキーもあり、これは「飲める」。

ケテルでも、クッキーを売っているが主力を注いではいない、パウンドケーキや、フルーツケーキは上等だが、ここのクッキーは、こわれやすくて、家へ持って帰れば、粉々になってしまう。

ジャーマン・ベーカリー、コロムバンなども試みたが、今のクッキーの欠点、こわれやすいというのを免れない。

先日、大阪へ行った時、この話が出て「そんならうちのを食ってみて下さい」と、阪急の菓子部から、クッキー一箱もらって持って帰ったが、汽車中、こわれることもなく、味もオーソドックスで、結構なものだった。

アマンドのクッキーは、甘過ぎる行き方でなく、割に淡い味なので飽きが来ない。店の名の通り、アーモンドをうんと使った、クレセントマカロンが一。小さなパルミパイもよし。堅さも適当だ。

もっぱらクッキーについて語った。

次回にも、もう少し甘い話を続ける。

甘話休題　Ⅱ

クッキーから、ケーキへと、今日は洋菓子の今昔を語ろう。

ケーキと一口に称される洋菓子にも色々あるが、戦前、はるか明治の昔から、スポンジケーキ（カステラの類い）の上等だったのは、前回にも触れたが、風月堂のチェーンのそれだった。バタを、ふんだんに使った、ガトーの味は、リッチな感じで、贅沢なものだった。

風月堂には、名物として、ワッフルがあったっけ。日本流に言えば、ワップルだ。そのワップルに二色あって、一つはクリーム入り、もう一つは、杏子《あんず》のジャムが入っていた。戦後も尚、ワップルは健在であろうか。

風月堂の他に、戦前の銀座でうまいケーキを求めれば、モナミ、ジャーマン・ベーカリー、コロムバン、エスキーモ——順に歩いてみよう、思い出の銀座を。

モナミは、今もやっているが、昔の方がシックだったし、流行《はや》ってもいたようだ。二階の洋食も悪くなかった。ケーキも総て本格的で、美味《うま》いし、値段も程々だった。

戦前のジャーマン・ベーカリーは、独特のバームクーヘンや、ミートパイなど、他の店に無いものが揃っていた。

ミートパイは、戦後のジャーマン・ベーカリー（有楽町駅近く）でも、やっているが、昔の方が、もっと大きかったし、味も、しっとりとしていて、美味かった。

それでも、ミートパイは、あんまり他に無いので、僕はわざわざ有楽町の店へ行くが、「ミートパイは、土曜日だけしか造りません」などと言われて落胆する。

また、この店独特のバームクーヘンにしてからが、近頃では、土曜と水曜だけというようなことになって、わざわざそれを狙って行く人を失望させている。

現在、バームクーヘンは、他にだって売っている。神戸のユーハイムあたりから始まった菓子だと思うが、買って帰って、家で食っては、つまらない味だ。第一、ああいう風に薄く切れないし、クリーム無しで食っては半分の値打もない。

話をもう一度、ミートパイに戻す。ミートパイは、八重洲口の不二家でも売っているが、これはアメリカ式で、ゴツイもの。

ケテルさんの経営するデリケテッセン（並木通り）にも、終戦直後から、ドイツ流のミートパイがあるが、これは菓子というよりも、酒の肴である。

パイの話のついでに、最近、新橋のアマンド（喫茶でなく、洋食の店の方）で、久しぶりで、ゲームパイを食ったことを報告しよう。戦前、帝国ホテルのグリルには、常にこれがあった。それが、思いもかけずに、アマンドにあったので嬉しかった。

話が、甘いものから横道へ入った。表通りへ戻ろう、戦前の銀座の。

銀座通りのコロムバン。今のは、代が変ったんだそうで、もとの経営者のやっている同じ名前の店が西銀座にある。

表通りの店は、戦前は、クッキーが一番で、ケーキも念入りに出来ていた。店の表に近いところに椅子テーブルを置いて、そこで、コーヒーを飲みながら、銀座の人通りを眺めるのが、パリー気分だというので、テラス・コロムバンと称されていた。今は大分大衆的になって、昔のようではない。

エスキーモも、現在やっているが、戦前の感じとは、まるで違う。

戦前のエスキーモの、ファンシー・アイスクリーム、シンバシ・ビューティーは正に銀座名物と言ってよかろう。挽茶・チョコレート・苺《いちご》・ヴァニラ等のアイスクリームを五色の酒のように一つコップへ重ねて盛り上げたもの。そのコップの底に、苺のジャムが入っていたのを思い出す。

ビューティーばかりではなくこの店のチョコレートと、挽茶のアイスクリームのよかったことも忘れない。

段々新橋の方へ近づくと、千疋屋。ショートケーキは、流石《さすが》にこの店が美味かった。果物屋さんだけにシャーベットもよかった。

アイスクリームの話になると、また、尾張町の方へ戻って、戦前のオリムピックを忘れてはなるまい。アメリカ式の、色んなファンシー・アイスクリーム、何々サンデーを揃えていた。バナナをあしらったり、胡桃《くるみ》の砕いたのを掛けたりしたのは、オリムピックあたりが、はじまりではなかろうか。

それらのコッテリしたアイスクリームもいいが、シャーベットの、銀色のコップに入っているのなどは、見るから涼しくて、夏のリフレッシュメントとしては適当だ。しかし、戦後の東京には、うまいシャーベットを食わせる店が少なくなった。

これはアメリカ渡来の、ソフトアイスクリームって奴に押されているせいだろうと思う。ソフトって奴も、あれはあれで、結構なものだと思う。が、あれをベロベロと食っている姿は、お子様に限るようだ。そこへ行くと、シャーベットは大人向きだ。それが、銀座あたりでも滅多に見つからないし、いいのが無い。

神戸へ去年の夏行って、ウィルキンソンで、久しぶりで美味しいシャーベットを食べて、東京へ帰ってから探したが、中々《なかなか》見つからなくて、帝国ホテルのグリルでやっとのこと、ありついた。そのウィルキンソンにしても、冬行ったら、やっていないのでがっかりした。

ソフトアイスクリームは、都会ならどこにでもある。シャーベットなどというオツなものは、不急品になってしまったのか。

甘話休題 Ⅲ

ソフトアイスクリームを、お子さまたちが、ベロベロと舐め、コーンもムシャムシャと食べてしまう。見ていても、うまいんだろうな、と思う。

アイスクリームってものを、僕が生れてはじめて、食ったのは、何時頃だったろう?

銀座の函館屋という、食料品店。その奥が、今で言う喫茶部になっていて、そこで食ったアイスクリームを覚えている。

小さな、ガラスのコップに、山盛りになっている。そのアイスクリームの山のてっぺんから、少し宛《ずつ》舐めて行く時の悦び。アイスクリームの色が、今よりも、ずっと黄色かったことと、函館屋の照明が、青白いガスだったことを、覚えている。

明治四十何年ぐらいの、銀座だった。

その頃、活動写真館の中売りが「ええアイス、アイスクリン」と呼びながら売っていた、薄味のアイスクリームも、少年の日の思い出だ。

薄味というのは、卵も牛乳も碌に入っていない、お粗末な、だから一個五銭くらいだったろう、そういうアイスクリームなのだ。いいえ、アイスクリームじゃない、売り声の通り、アイスクリンなのである。

でも、それを買って、活動写真（と言わしてくれ。映画と言っちゃあ感じが違うんだ）を見ながら食べるのは、幸福だった。

アイスクリームを、うまいと思ったのは、大人になってから、北海道へ行った時、札幌の豊平館で、量も、ふんだんに食った時だった。

中学時代。はじめて自分の、小遣いというもので、食べたのは、三好野だの、そういう類《たぐい》の、しるこ屋——というより大福屋と言いたい店。豆大福や、スアマなんていう菓子があったっけ。十銭二十銭の豪遊。

学校の往復に、ミルクホールへ寄るのも、楽しみだった。

僕は、早稲田中学なので、市電の早稲田終点の近くにあった、富士というミルクホールへ、ほとんど毎日、何年間か通った。

ミルクホールは、喫茶店というもののほとんど無かった頃の、その喫茶店の役目を果たした店で、その名の如く、牛乳を飲ませることに主力を注いでいたようだ。

熱い牛乳の、コップの表面に、皮が出来る——フウフウ吹きながら、官報を読む。どういうものか、ミルクホールに、官報は附き物だった。

ミルクホールの硝子器に入っているケーキは、シベリヤと称する、カステラの間に白い羊羹を挿んだ、三角型のもの。（黒い羊羹のもあった）エクリヤと呼ぶ、茶褐色の、南京豆の味のするもの。その茶褐色の上に、ポツポツと、赤く染めた砂糖の塊りが、三粒附いているのが、お定りだ。（だからシュウクリームにチョコレートを附けた、エクレールとは全然違う）

丁度同じ時代に、東京市内には、パンじゅう屋というものが、方々に出来た。

パンじゅうとは、パンと、まんじゅうを合わせたようなもので、パンのような軽い皮に包まれた餡《あん》入りの饅頭。それが、四個皿に盛ってあって、十銭だったと思う。

パンじゅうの、餡の紫色が、今でも眼に浮ぶ。

カフエー・パウリスタが出来たのも、僕の中学生時代のことだろう。

カフエーと言っても、女給がいて、酒を飲ませる店ではなく、学生本位の、コーヒーを主として飲ませる店だ。

パウリスタは、京橋、銀座、神田等に、チェーンストアを持ち、各々、一杯五銭のコーヒーを売りものにしていた。そのコーヒーは、ブラジルの、香り高きもので、分厚なコップに入っていた。

砂糖なんか、あり余っていた時代だ。テーブルの上に置いてある砂糖壺から、いくらでも入れることが出来た。学生のある者は、下宿への土産として、この砂糖をそっと紙などに包んで持って帰る者もあった。

パウリスタで思い出すのは、ペパーミントのゼリー。それから、自動ピアノというものが、各店に設備してあり、これも五銭入れると、「ウイリアム・テル」だの「敷島行進曲」だのを奏するのであった。

ともかくも、あの時代の、そういう喫茶店、菓子を食わせる店の、明るく、たのしかったことよ。

そして、例によって、僕は、「それに引きかえて現今の」と言って、嘆こうというのであるが、昔を知る諸君なら、誰だって、同感してもらえると思うのだ。

いまの、戦後の、喫茶店というもののあり方だが――

純喫茶というものだけでも、数ばかり如何に多くなったことよ。

東京も、大阪も、京都、名古屋も、コーヒーの店は、実に多くなった。

関西へ行くと、コーヒーは、ブラジルの香りが高い。東京では、モカ系が多く、関西は、ブラジル、ジャワなどの豆を、ミックスしているらしい。

有楽町のアートコーヒーへ行けば、ブラジルでも、モカでも好みの豆が揃っていて、註文すれば、何でも飲める。

昔の五銭に比べれば、今の、最低五十円のコーヒーは、馬鹿々々しい。が、おしぼりが出たりして、サーヴィスは中々《なかなか》いい。

喫茶店のサーヴィスで、一番気に入ったのは、アマンドのチェーン、各店が、コーヒーなどの後に、コップ入りの番茶を、サーヴィスすることで、これは、後から後からと、いわゆる「回転」を急いで、追い立てられる感じと違って、「何卒ごゆっくり」と言われているようで気持がいい。

そういう、明るい純喫茶とは別に、近頃、ジャズをきかせる喫茶店が、銀座に出来た。

それも、二軒や三軒ではなく、目下も、殖えつつあるようだ。

戦前から戦時にかけて、新興喫茶と称する店が出来て、レコードをきかせ、昆布茶などを飲ませたが、そして、それらは、女給の美しいのを売りものにしたものだが、今回の、ナマの音楽を売りものの喫茶店は、（これも社交喫茶の部に入りますか？）随分ヘンテコなものだ。

最近開店した、ジャズ、クラシック共に演奏するという店へ入ってみた。入口で、飲食券を買わされるのが、先ず落ち着かない。

入れば、ほとんど真っ暗だ。僕など、眼が弱いので、手さぐりでなくては歩けなかった。

そして、真っ昼間から、音楽をやり、その音が強いから、アベックさんも、碌に話が出来ないらしい。コーヒーもケーキも、決してうまくはないし、こんなところへ入る人は、何を好んで、妙な我慢をしているのかと、全く僕には判らなかった。

補遺始末他 I

ほんの少しずつではあるが、もう二年あまり、本誌に書き続けた、この食談を一まとめにして、創元社から出版されることになった。

その校正刷が届いて、第一回から、ずうっと眼を通して行くと、書き始めた二年前と今日とでは、世の中も変り、食物店にも色々と、うつりかわりがあることを発見したが、それは、そのままにして置いた。

そうして置いて、その補遺を、今回は書かしてもらいたい。

その前に、最近読んだ、獅子文六氏の随筆集『あちら話こちら話』のことを話さなくてはならない。

その本の中に、戦後のパリの食物のことが、色々と出て来るのであるが、僕がおやッと思ったのは、著者が、戦後のパリで驚いたのは、

——料理店の料理の分量が殖えたことである。——

とあること。後段にも、

——戦後のパリで、なぜ、山盛り主義が流行《はや》るかは、研究に値するが、——

とある。

これを読んでいて、僕は、ハハア、パリでもそうなのか、と驚いた。

というのが、僕が一昨年二月号の本誌に、食談第一回を書いた、そもそもの書き出しが、戦後の東京の洋食屋は、量ばかり多くなって、戦前の倍ぐらいになったのは、一体どういう理由なのだろう？　という疑問から始まっているのである。

パリも、東京も、戦後は、食物屋の料理の量が山盛り主義になった。これは、どういう原因からだろう？

窮乏生活の反動か、アメリカ式になったのか——正に、研究問題だと思う。

獅子文六氏の、同じ本に、

——パリ広しといえども、ライスカレーとトンカツは、日本料理屋へ行かないと食えない。——

とあり。読んでいて、可笑しくなっちまった。ライスカレー、とんかつ等の、日本的洋食については、僕も、食談の、四五回に詳説した。

と、さて、校正刷を見ながら、補遺を書いてみる。

第一回「洋食衰えず」で、並木通りのケテルを語りながら、そして、あの店のキャベツの煮方を賞《ほ》めていながら、独特のドイツ料理に触れなかったのは、手ぬかりだった。ドイツ料理で、ケテルの名を落すことは出来ない。

メニュウには、常に、フランス料理の他に、ドイツ独特の料理が揃えてあり、青豆のスープや、アイスバイン、ウィンナ・シュニッツェルなどの、ドイツ料理が出来る。ザウエル・クラウトも上等で、（だからこそ、他の料理に附けるキャベツの煮方も、うまいわけ）ここの、ドイツ料理は歴史も古いし、味も誇っていいだろう。

ドイツの料理ってものは、フランス料理に比べたら、決して、うまくはないんだ。そりゃあ、何と言ったって、フランス料理に敵うもんじゃない。が、しかし、ケテルあたり、永年の経験で、ドイツ独特の、ゴツイ味に、フランス風も加味しました、日本人向きにもしている。

この店の、ウィンナ・シュニッツェルは東京一だと、僕は信じている。

ドイツ料理といえば、昭和通りの、エルベも、この際、追加して置こう。

ドイツ人のマダムが、古くから日本にいたから、日本人向きな味を知っている。

エルベにも、ドイツ料理一と通り揃えてあるが、ここでは、豚のクルブシの煮込みという奴が、美味《うま》い。

エルベのスペシアル・ステーキというのは、ニンニクで味付けした、ビフテキを、醤油で食わせるという、日本人向きなもの。この店も、一皿満腹、量多し。

ドイツ料理ってもの、土台、ゴツくて量が多いのは、本来の姿なのだろうが。

三十年くらい前だったと思うんだがなあ、僕が中学生だった——とすると、もっと前になるかな？　ま、とにかく、昔のことだ。いまの、銀座の三越のあたりだな、山崎洋服店というのがあって、その裏の辺だったと思うんだが、独逸《どいつ》食堂というのがあった。他に未だドイツ料理なんか無かった頃だ。その独逸食堂で、食ったドイツ料理のとにかく、（味は忘れちまったが）量の多かったことだけは、判然《はっきり》覚えている。食い盛りの、中学生僕が、食い切れなくて、降参したものだ。

第三回に、烏森の、キッチン・ボンを紹介した。そして、そこのボルシュを賞めた。ボンの、若きチーフ、須田君は、今年に入ってから、独立して、エビス駅の近くに店を持った。名前は同じ、キッチン・ボン。

やっぱり、ボルシュを看板にしているらしい。この方は未だ行ってみないが。

第四回に、煉瓦亭を語り、現在では大カツは無くて、なみカツばかりだと書いたが、それから間もなく、大カツは復活した。メニユウにも『大勝』と書いてあり、堂々たるヴオリゥムを誇っている。

第五回。大阪南の大雅のスープライスを、「忘れたらマダムに怒られるだろう」と書いた。その後、何ケ月か、マダム病死。大雅という店も閉店してしまった。

コンソメの中に、麦の入った、お粥の如きもの、スープライス。これは、どこかで、やってみたら如何《いかが》。

第七回。いんごうやのビフテキを語りいまの銀座に復活してもらいたい店だと言った。その後にまた一軒、思い出した。その、復活してもらいたい店の一つを。

おでんの多助だ。場所は、西銀座の、数寄屋橋寄りだったと思う。おでんは、関東流ではなく、塩味昆布だしの関西流（というより、この店独特の味だった）で、淡《あ》ッさりしていたが、良心的だった。他に、鶏の唐揚げが美味かった。オヤヂが、いい男で、ムッツリと、鍋の向うに立っていた。多助は、そのオヤヂがやかましくて、清潔な店だった。思い出したので、追加する。

第十回。声色おでんの話をしたが、その主人、すなわち声色をやる吉岡貫一に去年めぐり逢った。今は、おでんは、やっていず、向島から、声色を売りもので幇間《ほうかん》として、出ている由。

第十六回。浜町の鳥安。戦後未だ行かずと書いたが、去年行った。あい鴨のすき焼の、まことに、おおどかな味。演出も、コセつかなくて、とてもよかった。酔後、画帖を出されて、「鳥安いと思ったら、おねだんも、ぐっとトリヤス」と書いた。実は、勘定を払う前なんで、おねだんの方は未だ判らなかったのに。そのおかげか、勘定は、決して高くなかった。

補遺始末他　Ⅱ

食談の補遺を、もう少し続ける。

鳥安のことを書いた同じ第十六回に、渋谷の石川亭に触れて、戦後未だ行ったことなし、と書いた。

それから間もなく、行ってみた。

洋食・支那料理何でも出来ますというのは、戦前と同じ。僕は、支那料理の方を試みた。この前にも書いた、戦前のこの店の名物の、名は何というのか、挽肉のカタマリがスープの中に入ってる奴、「あれ出来るかい?」と、きいたら、出来ますと言うので、それを食った。その他、何を食わせたいかと訊いたら、海老パンに、カンポンチイなど如何、と仰有《おつしや》る。海老パンと、カンポンチイなら、昔の赤坂のもみぢの出しものだ。

それらを、みな試みたが、乙の上、または、乙という味だった。

ここばかりじゃあない、支那料理ばっかりは東京じゃあ、うまいとこが無い。

麻布の上海酒家、叙楽園。田村町近くの、三六九だの、その辺に何軒か、かたまっている。銀座にも、江安餐室なんてのがある。が、これ皆、一言で尽せば、欧風化している。西洋人向きだ。

その証拠には、メニュウが、英語と漢字と二タ通りある。

支那料理食いに入って、英語のメニュウを出されちゃあ、もう、それで、美味《うま》くなくなる。

支那料理については、もっと詳しく語るつもりだが、今はそんならどこがいいんだ? ということだけ話して置こう。

僕は、東京では、新橋の新橋亭あたりの、少なくとも、欧風化はしていない(日本化は、していても、だ)ところの味を、よしとする。

新橋亭の、高麗鴨子(掛爐焼鴨)は、最も賞美するところである。が、何と言ったって、東京じゃあ支那料理は、うまくない。そして、高い。

神戸だ。うまくって、安いのは。

戦前からの馴染、神仙閣は、戦後も盛んで、僕は先ずあすこの紅焼魚翅をペロペロと食うことによって、その日の幸福が、はじまるような気になったものだ。

その神仙閣、一昨年焼けた。そして今度は、別の土地(三ノ宮駅に近い)に、三階建てのビルディングを建設中である。

この間、その建ちつつあるビルディングの前を通って、舌なめずりしたことであった。

横浜も、支那料理は本場だった。しかし戦後は、神戸に敵わない。

三ノ宮、生田神社に近い平和楼（戦前の平和楼の主任料理人が、ここへ移って経営）なんかも、本場の味だ。

本場の味というのは、欧風化せず、日本化せず、支那料理本来の味ということ。それで安いと来ては、たまらない。東京の半値、とまでは行かなくても、七割までは取らないだろう。いや、やっぱり半値と言ってもいいと思う。

平和楼も魚翅が美味い。（魚翅は、フカのヒレである。東京で、これの美味い店があったら、御一報乞う。美味くて、安い店ですぞ）そして、扣肉《コーロー》を、ファンツウで包んで食うのなども、結構なものである。

支那料理については、稿を更《あらた》めて、また書く。

浅草の、とんかつ喜多八を、無理賞《ほ》めしているのを反対したのも、同じ号だった。戦前の、喜多八には、まだ特徴があったが、今のは、大衆食堂だから、論ずる程のことはないと、そう書いた。

それが、今年の五月、大阪北野劇場に出演中のある日、「私は、戦前の浅草で、とんかつをやっていた喜多八です」と言って、たずねて来た人がある。会って、話してみると、これが、浅草の喜多八を経営していた大石という人で、今では、大阪駅前阪神ビル地階で、やっているんだそうだ。

この人たちが、ヒレ肉のとんかつを創始したんだ。トンカツと片仮名で書けば脂身沢山の平べったい、ポークカツレツ。平仮名の、とんかつは、分厚な、脂身の無い、日本風の揚げ物だ。

そして今や、喜多八は、関西に飛んで健在であった。だから、今の浅草の店は代が変ったわけ。

第十七回に、大阪の天ぷらのことを書いて、梅月や、広重の名が出た。

その梅月へ、久しぶりで案内されたのは、去年の夏だった。と言っても、昔あった場所とは違う、同じ北ではあるが、今度の店は、閑静な所に出来た。

昔なじみの、おかみさんが出て来たんで、あの大きな、かき揚げは出来るかい？と訊くと、待ってましたとばかり、赤ん坊の頭ほどもある、かき揚げを造ってくれた。

梅月独特の、この海老のかき揚げ（三ツ葉なんかも入っている）は、何年ぶりかなので嬉しかった。味も昔と変りがないので、安心した。その夜は、腹の調子もよかったんで、その大いなるかき揚げの他に、穴子を何本か食った。

広重の方は、本誌に書いて間もなく、今回は、北で開店したという通知をもらった。この方は、未だ試みるチャンスが無い。

とにかく、僕は、天ぷらは、東京の、それも、ゴマの油で、黒く揚がったようなのが好きで、大阪風の淡《あ》ッさりした奴は、あんまり好きじゃないんだ、好きじゃないけど、大阪のは、軽いから、いくらでも食える。うんと食っといて、好きじゃないって奴もないが、実際そうなんだから、しようがない。

第十九回に、烏森のブラザー軒のことを書いた。

何々軒というように、軒なんて名の附く店は、古くからやってた店と思えばいいというようなことを書いたんだが、その後行ってみたら、表には、ブラザー軒とは書いてない。キッチン・ブラザー。ちゃんと、そうなっていた。軒の字なんか附いていちゃあ古くさいというんで、何時の間にか、改めたものらしい。ここに訂正して置く。

序《つい》でに、ブラザー軒——じゃなかった、キッチン・ブラザーの、前にも百円均一とも言うべき料理を賞めたが、もう一つおまけに賞めて置くことがある。それはここのタン・シチュウである。

タン・シチュウも亦、百円である。そして、流石《さすが》に量は、あんまり無いが、タンは、よく煮込んであるし、グレヴィーも、いい味で、結構なものである。

一皿何百円の料理を、うまいの不味《まず》いのと論じるより、一皿百円の、安直料理を賞める時は、実に気持がいいなあ。

蛍光燈の下に美味なし

去年の本誌八月号に、メーゾン・シドを紹介して、うずら洋酒煮を絶讃した。そしてしかし、この店の欠点は、甘味のあるパンしか出さないこと、店内の照明が暗いこと、であると書いた。

それを書いて、一二ケ月経ってからだった。僕はまた、うずらが食いたくなって、メーゾン・シドへ行った。

そして、僕は、右に挙げた二つの欠点が、あらためられているのを発見したのである。

すなわち、甘味のあるロールだったのが、全然甘味の無い、フランスパンになっていたし、また、店内の照明が、青っぽくて薄暗かったのが、ずっと明るくなっていた。

『あまカラ』を読んで、わが言を用いてくれたな、と嬉しかった。

そこで、料理店の照明ということについて、この際、僕は言って置きたい。

近頃の料理店は、兎角《とかく》、照明の点で、間違いを犯しているところが多い。蛍光燈、昼光色という、あの照明だ。

蛍光燈の下に美味なし。

フランス料理など、見た目を大切にしている筈の、少なくとも料理人は、その色彩ということを十分考慮に入れて料理してある筈の料理が、蛍光燈の照明の下では、如何に色が殺され、嫌な色になるか判らないのであろうか。

料理人は、台所にばかり居て、食堂へは出ないので、その辺の事情が判っていないのではないか。

絵描きが、苦労して描いた絵を、蛍光燈の下に陳列された場合を、考えてみるがいい。

フランス料理には限らない。日本料理など、最も、見た目を貴ぶものではないか。それを、むざと、蛍光燈の下に並べて、平気でいるところの如何に多いことよ。

蛍光燈っての、金の点から言えば、器具こそは高いが、電気料は六割以上も安くなるから、経済的であろう。

が、そんな、わずかのことで、あなた方の立派な芸術、料理というものを、めちゃめちゃに、ブチコワシていいものか。

ある魚市場では、昼光色の電球すら嫌っている。「昔の電球をくれ」と言って、普通の電球を使っているのだ。昼光色では、魚の色が判らないのだ。あの照明の下では、魚の「いき」がいいか悪いかも判りはしないのである。

西洋料理、日本料理、そして、天ぷら、すし、その他の、もろもろの食物を食わせる店の人々に、反省してもらいたい。

僕は、その店へ入ろうとして、ドアを開く。そして、蛍光燈の照明だったら、黙って出て来てしまう。

事のついでに、照明ばかりではなく、店内の設備について、もう少し、小言幸兵衛を続けよう。

テレヴィジョンの設備あり。「目下映像中」（何という日本語ですか）と、表に貼り紙のしてある店。

テレビ喫茶なんていうのもあって、テレヴィジョンで客を引こうというのは、別に文句があるわけは無い。但し、それは喫茶店であり、大衆何々である場合のことで、味を自慢している、いわゆるうまいもの屋には、そういう設備も、実は邪魔だと思うのだが——

テレヴィジョンを見ながら、物が美味《うま》く食えたら、おなぐさみだ。

などと言っても、プロレスや、野球の中継なんかの、見逃せない奴がある時は「おい、このうちは、テレヴィも無いのか」と、言いたくなる時もあるだろう。

そんな時は、それを見ることの方へ重点を置いて、食いもの、飲みものなんかどうでもいいという、大衆的な食堂へ行くがいい。腕自慢、味うるさしの、うまいもの屋へ行って、テレヴィを求めるのは、求める方が野暮であろう。

食いに行く客の方にも、武士の心がけが、無くてはなるまい。

テレヴィってもの、食いもの屋ばかりではなく、近頃では、バアにも設備してあるところがある。酒を飲み、女給と戯れんとしていると、テレニュースだとか天気予報などが始まり、映画や芝居が映り出す――と来ては、いい心持に酔うことも出来ず、第一、女の子の手一つ握る気にならんではないか。

女の子の方にしたって、映っていりゃあ、その方が気になるから、何をきいたって、うわの空だ。もっとも、毎晩見ているから、テレヴィに対する知識は豊富で、それに関しては、何をきいてもよく答える。が、こうなっては、何が面白くて、酒場へ入ったか、馬鹿を見たという気がするだけのことである。

大衆向きのビアホールなんかは別だが、お色気で呼ぼうという酒場なんかには、テレヴィは、不要。

僕も、テレヴィには関係しているし、あんまり営業妨害みたいなことは言いたくないんだが、いや、テレヴィも、ちゃんとあるべきところにあってこそ、発達するというもんだからな。

テレヴィばっかりじゃないんだ。僕はラヂオだって、気になる。かけっぱなしの、大声のラヂオの下にも、美味は無いかも知れない。

キッチン何々という、小洋食屋で、料理人が、ラヂオの連続ドラマか何かききながら料理を作る。「あれからどうなるんだろうね?」「犯人はいよいよ捕まったな」などと話しながら、やられた日には、腹を減らして待っている客は災難だ。

出来上った料理を食っていても、ラヂオが聞えるからって、よけい美味くなるってことはあるまい。だから僕は、知っている限りの料理店、酒場、カフエー等の人には注意している。なるべく、音楽だけの、つまり言葉の入らないのを選んで、かけるべきだ、と。

テレヴィに、ラヂオ、それからまた、これが、サーヴィスの一つか何かのつもりで、インターフオンて奴を、店内各所に置いて、ガアガア言い通しの店がある。サーヴィスってものも、一つ間違えるととんでもない逆効果になってしまう。

など、など、蛍光燈を否定し、テレヴィを嫌い――それでは、まるでわれわれ幼少の頃きいた、チョンマゲを結った経験を持つ老人の、くりごとに似ているではないか、と自分でも思う。

冷房もいかん、扇風機も嫌い、団扇《うちわ》であおがせるのが一番、と言う頑固さかも知れない。

しかし、そうなんだもの。団扇の風が、何て言ったたって、一番なんだから、しようがねえじゃねえか。

清涼飲料

九月の日劇の喜劇人まつり「アチャラカ誕生」の中に、大正時代の喜歌劇（当時既にオペレットと称していた）「カフエーの夜」を一幕挿入することになって、その舞台面の飾り付けの打ち合わせをした。

日比谷公園の、鶴の噴水の前にあるカフエー。カフエーと言っても、女給のいる西洋料理店の、テラスである。

となると、誰しもが、当時そういうところには必ず葡萄棚が出来ていて、造花の葡萄が下っていたり、季節によっては藤棚になったりしていたもんだねえ、と言い合った。そして、その棚からは、季節におかまいなしに、岐阜提灯が、ぶら下っていた。岐阜提灯には、三ツ矢サイダー、リボンシトロンなどの文字が見えた。

「金線サイダーってのがあったな」

誰かが言った。そうそう、金線サイダーってのは、相当方々で幅を利かしていたっけ。清涼飲料、何々サイダーという広告。

清涼飲料という名前は、うまいなあ。如何にも、サイダーが沸騰して、コップの外へ、ポンポンと小さな泡を飛ばす有様が浮んで来るようだ。

清涼飲料にも、いろいろあった。と「カフエーの夜」から、思い出がまた拡がった。金線サイダーも、リボンシトロンも、子供の頃からよく飲んだ。が、やっぱり一番勢力のあったのは、三ツ矢サイダーだろう。

矢が三つ、ぶっ違いになっている画のマークは、それに似たニセものが、多く出来たほどだった。

その頃、洋食屋でも、料理屋でも、酒の飲めない者には必ず「サイダーを」と言って、ポンと抜かれたものである。

ビールや、サイダーに、「お」の字を附けたのは、何時の頃からであろうか。

三ツ矢サイダーの他に、小さい壜の、リボンラズベリーや、ボルドー、リッチハネーなんていうのもあった。が、それらの高級品よりも、われら子供時代の好みは、ラムネにあったようだ。

ラムネを、ポンと抜く、シューッと泡が出る。ガラスの玉を、カラカラと音をさせながら転ばして飲むラムネの味。

やがて、僕等が中学生になった頃だと思うんだが、コカコラが、アメリカから渡来したのは。

いまのコカコラとコカコラが違った。

第一、名前も、コカコーラと、引っぱらずに、コカコラと縮めて発音していた(日本ではの話ですよ)。そして、名前ばっかりじゃないんだ、味も、色も、確かに違っていた。

色は、いまのコーラが、濃いチョコレート色(?)みたいなのに引きかえて、アムバーの、薄色で、ほとんど透明だったようだ。

味には、ひどく癖があって、一寸《ちよつと》こう膠《にかわ》みたいなにおいがする――とにかく、薬臭いんだ。だから、いまのコーラとは、ほとんど別な飲みものだと言っていい。コカコラの中に、コカインが入っていたってのは、その頃の奴じゃないだろうか。いまのには、そんなものが入っているような気がしないし、第一、うまくない。

もっとも、終戦直後、GIたちの、おこぼれを頂戴して飲んだ頃は、うまいなあと思った。僕は、併し、ペプシコーラの方が好きだったが。

春山行夫氏が東京新聞に書かれた「コカコーラの不思議」の中に、

……コカコーラは消防自動車のような赤いポスターや看板を出すので、美術の国イタリアは、その点を嫌がっている。……

とある。

全く、コカコラの赤は、あくどい。

コカコラばっかりじゃあない。アメリカは赤が一番嫌いな筈だのに、宣伝や装飾には、ドキツイ赤を平気で使う。赤や黄色、青の原色そのままが多い。

これはしかし、僕の観察によると、戦争前は、アメリカ自身も、もう少し好みがよかったと思うんだが如何だろう。

例えば、タバコの Lucky Strike だ。白地に、まっ赤な丸（日の丸ですな）のデザインでしょう、今は？　ところが、戦争前は、白地のところが、ダークグリーンの、落ち着いた色だった。それを覚えている方もあると思う。今のより、ずっと感じのいいデザイン、色彩。従って、タバコの味も、もっとうまかった。

いいえ、タバコの内容のことを言ってるんじゃない、箱のデザインや色が、よければタバコも、うまくなるって言ってるんです。ほんとなんだ、これは。

あの煙草が好き、こっちの方がいい、という人々は、各々の好きな、デザインの、好きな色の箱を選んでいる場合が多い。例えば、キャメルが好き、ラッキイ・ストライクでなくっちゃいけないっていうような、タバコ好きでも、まっ暗なところで、一本吸わして、それが何という煙草か、ハッキリ判ることは、めったにないものである。

タバコなんて、そんなものである。

タバコのデザインばっかりじゃありません。昔はコカコラの広告にしたって、真っ赤な消防ポンプじゃなかった。もっと、まともな顔をしていた、確かに。

食べものの味にしたところで、アメリカ料理は、まずいという定評だが、戦前は、アメリカだって、もっと美味《うま》かったんじゃなかろうか。それは、僕が度々書いていることだ、少なくとも、東京に於けるアメリカ料理は、戦前の方が、ずっと美味かったんだから、本国の方もそうだったんじゃないか、と思うんです。してみると、戦争って奴が、アメリカ自身の文化をも、ブチこわしたんだな、つまり。

食書ノート　I

一九五五年は、食書の氾濫であった。

以下、そのノート。


『巴里と東京』　福島慶子　（暮しの手帖社　昭和三十年二月）

これは昭和二十六年初版。これは第六版。

食物に関するものばかりではないから食書とは言えないが、食談も中々《なかなか》多い。

「たべものの話」は、終戦後間もなくの随筆であろう、配給の食生活を嘆いて、

――それにしてもかく迄落ちぶれたのもみんな東条一派のお蔭だと思うとこの事だけでも決して許せない気がする。――

と怒っている。実に同感である。

「続たべものの話」の、オムレツ・ノルヴェジャンのはなし。そして、アイスクリームの冷たさと、オムレツの熱さを一遍に味わう料理のはなし。

冷熱を一度に舌に感じるのを喜ぶというのは、食通の一部に見られる現象で、例えば、コップに氷を入れておいて、それへ熱い番茶を注ぎ、直ぐ口へ持って行って、冷熱一遍に味わうというような人がいる。

「わが家の正月料理」で、チョロギ（ここではチョウロギ）のことが出て来て、

＝この植物が何であるか誰に聞いても知っている人がないのです。誰方か教えて下されば有難く思います。＝

とあるので、有難く思ってもらおうと思って、お教えします。

＝長呂木（草石蚕という草の地下に連珠状に出来る塊茎である）＝

長呂木とも、また、長老木とも書く。

などと――実は、この知識は、辻嘉一著『懐石料理』（炉篇）によるもので、僕も、あのチョロギってものは好きなのだが、一体何であろうと思っていた。そして、チョロギというものは、はじめっから、赤いものだと思っていたら、同じ辻嘉一著『懐石茶事二ケ年』で、あれは、もとは白いものだということが判った。チョロギの赤は、紅生姜漬の色だったのである。

「わが家の新案料理」の中に、「トーストの場合」として、トーストに海苔を焼いて載せることが出て来る。

ところが、これは戦前、（今はどうだろう？）わが国花柳界などで、のりトースト

と称して、甘いもの屋（例、赤坂では紙子）から取って食ったものである。サッパリしていて、中々イケた。

　のりトーストもいいが、僕は、味噌トーストを、わが家の朝食でしばしば試みている。福島さんにも一度やってみて戴きたい。

　トースト（やっぱり、バタは附けないと味が出ない）に、味噌を、なすくって食う。味噌といっても、ナメ味噌。それも色々試みたが、てっか味噌が一番のようである。

「誰かやりませんか」の中では、やっぱり朝飯屋の企画が、ピンと来た。


『味』　秋山徳蔵　（東西文明社　昭和三十年二月）

　著者は明治二十一年生れ。大正三年から宮内省大膳職主厨長になった人である。

「黄金の箸と黄金の皿」から始まる。生い立ちの記、いたずら行状記から、見習いコックの苦心談。

「ヨーロッパ庖丁修業」で、ペトログラードの日本大使館に、ヘドを吐く場所が出来ていたことを知り、一驚。

「ジュードー武勇伝」で、著者のカンシャク持ちが、同病の僕には、大いに嬉しかった。後出の「松の廊下宮中版」にもカンシャクの話あり。

「大膳頭福羽先生」で、福羽苺《いちご》の由来を、そしてまた、福羽子爵という人が、日本の果物界の恩人なることを、知った。

その次の項に、蜜柑のことが出て、

――こう書いているうちにも、口の中に唾が溜って来て、どうしても、もう一度津久見に行かなければならぬ気持になって来た。――

とある。うまいものを食った、その土地へは、また何とかして行ってみたい。その土地でなければ、うまくないからである。

「天皇のお食事」を読むと、それが如何に質素であるかが判り、お気の毒と思った。

「真心がつくる味」著者は、ものを食べに歩いても、

――ああうまいと心酔することが出来ないのである。商売のかなしさである。――

と嘆き、一番うまいと思うのは、結局、家庭料理だと言っている。

「食べものの御所言葉」が、おおらかで、のんびりしてて、とぼけてるのが面白い。あん餅が、おべたべた、お萩が、おやわやわ。宮中の、よき陽ざしが感じられる。

「終戦前後覚え書」カンシャク持ちの著者が、国を思う心から、アメリカ人たちの、たいこもちになってやろうと決心するところは、実に悲壮である。

「アメリカは味覚の四等国」アメリカ人の物を食うのは、働くのに必要なカロリーを補給しているので、

――極端に言えば、ボイラーに、石炭をほうり込んでいるのだ。――

と言っている。味痴という言葉も出て来た。

「日本の美味」外人が日本の豚肉に、魚臭や蛹の臭いを感じることから、馴れた臭いには各国人とも平気だが、馴れない臭いには、すぐ参るということが書いてある。

また、

‖他国の食の醍醐味を得んと欲せば、醱酵食品をものにせよ。‖

と言っている。

‖料理の一番の奥義は何だろう、ということになれば、やはり香であろう。‖

と言っている。

「料理屋のまちがい」で、オードブルの知識を得た。

「附　完全な食卓作法」は、必読の文字。

僕など、一っぱし何でも心得ているつもりだったが、この一文から教えられたこと色々あり。例えば、食った後の、用済みのナイフ、フォークを、皿の上へ、どういう風に置くのが正しいか、というが如き。

何を見ても料理を思う著者は、ネオンの色を見ても、「水色にしたら、いい附け合せになるのに」と仰有《おつしや》る。

『料理歳時記』　柳原敏雄　（中央公論社　昭和三十年五月）

新書版。著者は熱海花山荘主人、割烹家。

日本料理の数々を、歳時記風に、季節本位に語ったもの。

兎角《とかく》、淡《あつさ》りした日本料理のはなしは、僕にとっては昂奮的ではないが、淡彩の日本画を見るようなたのしさは、あった。

『料理歳時記』

‖酢のものの天盛りや懐石の箸洗いの浮かしに使って、‖

などの専門語が、大分出て来る。

「雷干し」で、甘藷などですら、今もって戦前並みに戻っていないことを知る。

「鍋料理」の、すき焼のところに、ザクの花の形などに並べて来るよりは、

‖ザクはザクらしく無造作に並べ、手をあまりかけぬものがよい。‖

は大賛成。

「山菜探訪」に入ると、また、ちょいちょい専門語が出るが、後段には、たて塩（塩水）、当座煮（醬油煮）、湯止め（自然にさます）、という風に、括弧内に説明がしてあるのもあった。

この括弧で、素塩《もとじお》とは、味の素と食卓塩を同量に混ぜたものの謂と知る。

「画餅の詩」日本の水のよさを語っている件は、重大なこととして、よく読むべし。

水のよさが、如何に料理をよくしているか、ということと、季節感、材料、旬《しゅん》に支配される日本料理は、

＝地球上のこのような列島の宿命であろうと思う。しかも素晴しい宿命ではある。＝

これは、この本で一番重要な話だ。

「食べられる花」の、八重桜の花は、

＝餡《あん》パンの臍に入れたり＝

するとあり、思い出した、子供の頃食った餡パンの臍を。

「盛り方の工夫」で、盛り附の心得の三、

＝人の世の喜びや、もののあわれを、ふと思わしめるような盛り附です。＝

こりゃあ、むずかしい。

俳句料理のことあり。僕なんか、ごめんだなあ。

＝お料理をこしらえて、自分の好きな器につける時のたのしさは、また格別のものであります。＝

その気持、判る。

食書ノート Ⅱ

『あちら話こちら話』獅子文六（講談社　昭和三十年五月）

これは食書とは言えない。獅子文六氏最近の随筆集であるが、食に関するところが多いので、そこだけ、いただく。

「ネクタイと女房」に、料理店で、見つくろいを命じるのは、日本人だけだ、とある。

「パリの日本料理」

‖パリ広しといえども、ライスカレーと、トンカツは、日本料理屋へ行かないと食えない。‖

それは、そうだろうな。日本製洋食に栄あれ。

「パリのいやらしさ」今度のパリ行で、驚いたことの一つとして、

‖料理屋の料理の分量が殖えたことである。‖

と言っている。僕がこの食談の第一回は、戦後、日本の洋食屋では、一皿の量が戦前の倍になった、ということから始まったのであるが、パリでも、そうなのか。

また、この中に、

――その味気なさと言ったら、ドイツ料理も三舎を避けた。――

というところがあるが、ドイツ料理ってもの、よっぽど不味《まず》いという定評らしい。

「ポール軒」は、僕にとっては、もはや一つの小説だった。ブフ・アラモドを食べる辺りを読んでいて、悩ましくなって来た。

そして、ここにも。

――戦後のパリで、なぜ山盛り主義が流行《はや》るかは研究に値いするが、――

とある。

「わが赤毛布」英国では、スコッチ・ウィスキーや、リプトンの紅茶は、輸出するだけで、国民は手に入らないと聞いていたが、その上、

――英国名物のローストビーフは今は容易に食べることが出来ません。――

とは、ああ気の毒なことである。

「戴冠式参列の記」には、英国は、

――料理も水っぽくて、まずいといえばまずいですが、――

やっぱり料理は、フランスに止めを刺すんだな。

「女王と皇太子」には、わが皇太子が、ライスカレーを好まれることが出て、

――料理のまずいロンドンでも、インド料理屋で出すライスカレーは、なかなか美

味でしたが、‖
とある。

『ふるさとの菓子』中村汀女（中央公論社　昭和三十年六月）

ホトトギス派の俳人中村汀女の、絵入り（絵は、江崎孝坪・風間完）お菓子随筆。ふるさとと言っても、著者のふるさとばかりではなく、日本中の各地の菓子の紹介。絵と俳句がいちいち入っている。

一頁に一つ宛《ずつ》で、短章だから、面白いという読みものには成っていない、自分の知っている菓子が出て来ると嬉しいというだけ。雑誌などで、ちょいちょいと、少し宛見るべきものだろう。

その後に、菓子以外の食随筆が幾つかあって、この方は、筆に力も入っているし、中々《なかなか》いいものがある。

筍の「ひこずり」は、読んでいても、うまそうだった。

沢庵の切り方は、拍子木に太く長く切ったのがいいというのも賛成。

味噌漬のはなしも、うまそうだった。

‖味噌漬は実にしんみりと、大根も茄子も飴色の透きとおる色‖目に見えて来て、食慾をそそられた。

『食卓の文化史』　春山行夫　（中央公論社　昭和三十年七月）

食書だから、義理にも読まなくっちゃと、思って読み出したら、面白くて、一気に読了。

ナプキンから始まって、ココアまで、そういうものの歴史。あとがきで、

‖私の意図する文化史は、対象として選んだもののタテの歴史とヨコの歴史を結びつけてみることに興味の中心があるので、‖

とあるが、その点、これは成功している。

「ナプキン」むかしの西洋のことを、色々と想像させる。紙ナプキンというもの、日本で考えたものなることを知る。

「スープ」

‖スープを食べる際に、‖

と、スープは飲むものにあらず、食べるものなり、僕も賛成。

「フォーク」の、フォークの無かった時代、指だけで食べた時代のことあり、面白し。

「箸」から、がらりと気分が変って、日本食のはなし。

「サンドウイッチ」あたりからまた、ぐっと面白し。

「ビスケット」「マカロン」から、「シュークリーム」そして「アイスクリーム」から、

「シャーベット」「チョコレート」まで。

『ヨーロッパ随筆』 森田たま （宝文館 昭和三十年八月）

これも食書の部には、入らないだろうが、食談が多い。それだけ抄《ぬ》く。

‖イギリス料理は、まずい。何となくまずい。‖

等の食評。

「結婚式」デンマークの結婚式の御馳走が克明に書いてある。

ここに、スメミーボという、オープン・サンドウィッチの話あり。

「日本の女の美しさ」

‖日本のたべものは深い味を持っていると思われる。貧乏なくせに日本人とはおそろしくぜいたくな人種である。‖

その後に、

‖私はローマで、早く日本へ帰って、お茶づけがたべたいでしょうねといわれ、いいえ日本へ帰ってビフテキが食べたいと答えて相手の人をあきれさせたが、肉も鶏も、日本の方が、おいしいと思うのは、自分一人ではないらしい。‖

と言っている。

また、後段にも、

＝日本の料理は、西洋料理でも外国のよりおいしいといったら、人は笑うであろうか。しかし私はそう信じている。＝

と言っている。

丁度この本が出るののと前後して、「東京新聞」に、新帰朝の村松梢風氏が、「外国礼讃と軽蔑」という題で、各国の食いもののことを書いて、おたまさんとは反対に、イギリスの料理を大いに賞《ほ》め、

＝大体平常銀座辺の駄洋食をたべている日本人がイギリス料理はまずいなどというのは、おこの沙汰である。＝

と言っているのは、面白かった。

梢風氏によると、イギリス料理は上等だったし、アメリカも、ニューヨークへ行けば世界一だ。また、牛肉なども日本のなんか問題にならん、というのである。行って食ってみなくては判らないが、人によって味覚は、こんなにも違うものだ、ということとは、これでも判る。

おたまさんは、尚も言うのである。

＝誰が何といおうと、たべものの味は、日本が一ばんすぐれていると、確信を持っていますけれど、ただ主食が肉でないところ、バタやミルクやチーズが、ゆきわたっていないところ、そこに遜色があって、がっちりした体格をつくりかねるのでしょ

う。＝
と。

食書ノート　Ⅲ

『わが家のメニュウ』　滝沢敬一（暮しの手帖社　昭和三十年七月）

『フランス通信』の、そして近くは『ベッドで飲む牛乳入コーヒー』の著者の新著。フランス人の奥さんを持って、フランス生活何十年の著者である。これを読んでいても、遠い国のはなしではなく、ついそこいらの町か村のはなしででもあるような気がする。

食談以外の話も多いが、ここでは食談のみを取り上げる。

「わが家のメニュウ」

＝フランス料理は、ぶどう酒と調和するように造るのだから、水では、どうもうまく食えないコースがあるが、＝

これは重要な問題だと思う。水の乏しいフランス、その代り、葡萄酒の豊富なフランスである。フランス料理と葡萄酒は、切っても切れない縁があるのだ。

＝チーズは新香に当る＝

と言っているのも、なるほど。古漬の臭いのは、共に手古摺《てこず》る。

シャムパンを、毛のはえたサイダー、もうまい。

「フランスのパン」みなこれ、うまそうでうまそうで。

「農家のディンナー」は、食談中の食談。

その献立を、かくも克明に写されては読んでいて、昂奮する。

著者は酒飲みではなくて、

＝菓子が殿《しんがり》をつとめないディンナーは、いくら美酒佳肴があっても、花の咲かない園か、片眼の美人だと思っている。＝

んだそうである。

『ふるさとの料理』（中央公論社　昭和三十年九月）
あいうえお順で、石川欣一氏を筆頭に名士五十人近くが、各々のお国自慢、ふるさとの料理を語っている。
日本各地方の、ふるさとの料理は、皆簡素で、手数のかからない惣菜料理が多く、「料理という程のものではない」というようなことを言っている人が多い。それでも、読んでいると、中々《なかなか》美味《うま》そうなのが多かった。
また、この一冊を通じて、各地方ともに味噌というものが、如何に日本の惣菜料理には重要な位置を占めているかということが判る。
まことに、各地方、各味噌である。
伊藤永之介氏のショッツル礼讃の終行に、ショッツルが一般に流行しないのはその魚臭のためだろうとあるのは、全くその通りだと思う。僕など、あの生ぐささが全く嫌だ。
猪熊ふみ子氏の語る、けんちん。けんちんとか、のっぺいというのは、同じ名前でも、各地方によって随分内容は変っているようだ。
宇井無愁氏の、ハモの皮めし。辻留のそれを試みたことがある。あれは、うまい。
北畠八穂氏の文中、
‖舌のシンが涼しく明るむコンミリした貝のダシが出る。‖
というのは、一種の文章だな。
金達寿氏の朝鮮料理談中、
‖飯も一度にたくさん炊いたものはうまいが、キムチも同じように一度にたくさん漬けたものほどおいしい。‖
とあり。飯と漬物は大量作るほど、いいらしい。
佐藤美子氏の、
‖私の考えではお料理というものは、手のあまりこんだものより、簡単で「味」

を生かしたものが、高級のような気がする。——

　というのは、これも食通の一方の説だ。片ッ方は、うんと手の込んだ、味附けの複雑なのを喜ぶという食通である。

渋沢秀雄氏の、朝食はパンで洋式に、そして、ミソ汁を添える、というのは賛成。同好の士があるので嬉しい。

田村魚菜氏。炒り鶏が食いたくなる。

壺井栄氏。これは名文。

中村汀女氏。「ぐ飯」の話。グメシという名に魅力がある。

花柳章太郎氏。戦時の哀話、傑作。

長谷川かな女氏。てっか味噌は、僕も毎朝欠かさぬものなり。

春山行夫氏。八丁味噌、我も大好き。

藤原あき氏。白和えが食いたくなった。

宮川曼魚氏。そりゃあ食ってみりゃあうまいかも知れませんよ。しかし、うなぎサラダってえのは、食う気がしませんな。

山口誓子氏。いりがらの話の中、水菜は煮すぎてはいけないということ、覚えて置くべし。

『食物の歴史』　後藤守一　（河出書房　昭和三十年八月）

河出新書の一つで、著者は、明大の文学部教授。

これは、日本の食物の歴史。日本食というものの出来る迄、原始時代からの考察。やっぱり食いものの話は、そんな昔の話では、つまらない。現在あるもの、食えるもののはなしでないと、張り合いがない。

だが、これは歴史の書である。食いしん坊的評は当らない。われら貪食の徒にとっては、張り合いは無い読書であるが、それでも、歴史としての面白さは十分で、一気に読了。

日本料理発達史に、「けの日」「晴の日」の区別があることを忘れてはならぬと、度々この本の中に説かれているが、これは確かに重要なことだろう。

‖平安時代の公家が、夏の暑い時、氷を加えた冷水を御飯にかけて食べたということが文献に残っているのは、反対にぜいたくの余りのことである。‖

ここにも、僕が前々号に書いたところの、冷熱を一遍に味わおうという食通がいた。

菓子の話になって、アルヘイトウに色々細工したのに、金花糖という日本名を附けるようになった、とあるが、有平糖と金花糖とは、僕は、まるで別の物と思っていたんだがなあ。

以下、食書ではない本から、食に関することを抄《ぬ》いてみる。
吉田健一『酒に呑まれた頭』の、日本酒通は大したもので、菊正を評して、
＝味は柾目が通っていて、酔い心地も却って頭を冴えさせるに近いもの＝
また、「羽越路瓶子行」中には、
＝酒が本当に上等になると、人間は余りものを言わなくなるものである。＝
とある。「女と社交について」には、
＝英国の料理がまずいと言われるのは、一番上等な附き合いが料理屋ではなくて、家庭で行われるからである。＝
とある。これは、大いに注意されていい。
森田たま『ふるさと随筆』「夏日新涼」の中、北大路氏の説として、
＝日本には、わさびがあるから、日本人はさしみの美しい味を知ったのだ。＝
とある。
川尻清潭『楽屋風呂』には、松居松翁氏の話として、
＝西洋の俳優は勤める役柄に従って、食物にまで綿密な注意を払い、モッソップという人は、ザンガの役には、ソーセージを食し、ゼエルの役には、豚肉を食い、バ

アバロッサの役には、牛のカツレツ、リチャアドには、焼豚肉を用いたという事――が、ある。

ノイローゼの巻

〓この近所に、いいフランス料理店を知ってるから……何かパクつくことにしたらどうだろう? エグベネディクトがよかろう。それに、アスパラガス、ココアのスフレ……〓

やがて、フィロ・ヴァンス探偵は、ハドソン河岸に近い、小さなフランス料理店へ。そして、

〓料理は主人を知っているヴァンスがすべて註文した。デュボネ・ブドー酒を一杯、新しいシャンベルタン・ブドー酒に卵を入れて一杯、それから食後のコーヒーのあとではグラン・マルニエが出された。〓

と、これは、S・S・ヴァンダイン作、延原謙訳『ケンネル殺人事件』という探偵小説の一部分なのである。

僕は、食書という食書は大抵読み尽したので、もう食う話には倦き倦きした、ここいらで、休養したいと思って、探偵小説でも読んでみましょうと、読み出すと、こん

なのに、ぶつかった。

さあ、ここには、どんな料理を食ったのかが書いてない、どんなものを食ったんだろうなと、探偵小説の筋の方より、その方が気になって来る。

先きを読んで行くと、

＝＝そろそろ夕飯の時刻だが、カリーにフィレ・ド・ソール・マルゲリと、シャトウイアール・ポテトと温室苺《いちご》のパリジェンヌとを註文しておいた。どうだい、食べて行かないかい？　君の大好きな九十五年のシャトウ・イカンを一本抜こうじゃないか。

＝＝

と来た、フーム、何事にも、一と通り以上の知識を持っている、フィロ・ヴァンスは、食うことにかけても中々《なかなか》うるさいんだな。しかし、ここに出て来る料理の名前、それらは一体どんなものなのだろう？　そして、どんな味がするのだろう？

と、僕は、暮夜ヒソカに、悩んだのであった。

いや、これは今更はじまった癖ではない。昔から僕は、何を読んでいても、食物のことが出て来ると、昂奮して、ひらき直って読み返すくらいのことはあったのだが、近ごろそれが益々激しくなって来た。

近ごろ、というのは、本誌に、この食談を連載し、先頃は、その二ケ年分を単行本で出版、引つづき『週刊東京』に、「食国漫遊」を連載——そういうことになると、世間でも僕を「食通」と思い込み、自らも亦、責任を感じ出したらしいのだ。

友人に逢っても、「君に逢ったら聞こうと思ってたんだが、何々の美味いうちはどこかね?」ときかれる。その種の手紙も沢山来る。

新聞雑誌からも、食談の註文が引っきりなしに来る。

——となると、さっき言った、妙な責任感みたいなものも出て来て、僕は確かに、神経衰弱的になって来た。

読書ばかりではない。映画見物などの際にも、食いもののことが出て来ると、ビクッとする。そら、俺の責任だ、と思う。

最近の映画見物中の例を述べると、『旅情』で、キャサリン・ヘップバーンと、ロッサノ・ブラッツィの会話で、「あなたは、スパゲティを出されると、それを食べないで、ビフテキを欲しがる人だ」というような意味のところが出た。スーパーイムポーズの日本字幕に、出たのである。

ところが、映画の中では、スパゲティとは言っていないのだ。明らかに、ラヴィオリーと言っている。

ハハア、これは訳者の、誤訳ではなく、ラヴィオリーでは一般的でないから、日本人にもよく判るように、スパゲティに置き変えたんだな、と思った。

僕は、これを見ていて、聞いていて、たちまち、ラヴィオリーが食いたくなり、同時に、東京に於ては、何店のラヴィオリーがいいかということを、報告しなければならない、というような気がして来て、落ちついて映画を見ていられなくなった。

また、マリリン・モンローの『七年目の浮気』でも、口紅の痕を、「これは、苺《いちご》のシロップが附いたのだ」と言って胡麻化《ごまか》すところがあり、日本字幕には、苺のシロップと出るのだが、映画の声は、「クラムベリー・ソースが云々」と言っている。

僕は、英語はカラ駄目で、殊に聞くのは苦手なのだが、意地悪く、食いもののことだけは、ハッキリ聞きとれるのだ。

クラムベリー・ソース。それは、七面鳥のローストには欠かせないものだ。僕の心はまた映画から離れて、クリスマス料理の七面鳥を思っていた。

近くは、ヒッチコックの『ハリーの災難』で、マフィンが出た。これは、字だけではなく、画面にハッキリ、うまそうな、焼き立てのマフィンが現われる。

日本字では、単に「マフィン」と出るのだが、シャーリー・マクレーンの喋るのを聞いていると、「ブルウベリー・マフィン」なのである。

ブルウベリーとは、「こけもも」だ。果たして、どんな味だろう、映画を見ながらペロペロと、舌なめずりをしている僕。

こんな風に、僕は、本を読んでも、映画を見ても、食物に関することが出て来ると、ビクッとして、我に返るのである。

これは、正に一種のノイローゼだろう。

しかし、もっとそれより困るのは、食物店に対する、恐怖症のようなものに、かかりかかっていることだ。

僕が、食談を書き、方々の食物店のことを紹介したり、賞《ほ》めたり、けなしたりし始めてから、(そして、それは、食物店にとっては相当気になることに違いはない)食物店へ入るのが、どうもコワイのである。

先日も、ある天ぷら屋へ入った。トタンに、鍋の傍に立っていた、その店の主人が、「うちのことは一体何時書いてくれるんです?」と、怒ったような顔をした。

そして、食っている最中も、それを繰り返して、「やきとりや、すしのことばっかり書いて、天ぷらのことを書かねえなんて手は無いでしょう?」とか、「それとも何か気に入らねえことでもあるんですか、長年のおなじみだ、一番先きに、うちのことを書いてくれたっていいと思ってたんだ」などと、天ぷらを揚げながら文句を言うのだ。

食ってる空は、ありません。

まだその後、天ぷらについて書いていないから、僕は、その店へは、その後行かない。あすこの天ぷら食いたいと思いながらも。

また、その反対の場合。

ある洋食屋を、僕が週刊誌で賞めた。すると、その店では大いに喜んで、僕のその文章を、大きく書いて額に入れて、店に飾った、というのである。

これをきいては、もうその店へ入る気はしないではないか。恥《はず》かしいやね、第一。

また、もう一つの例。これは、やっぱりある小さな洋食屋。ここも僕は賞めた。で、その後で、そこへ行ったら、賞められたのが恥かしいんだな、チーフが、かくれちまって出て来ない。そして、作るものも、賞められた関係上、いわゆる「かたく」なっちまったんだろう、妙にうまくないものを出した。

こうなっては、素直な気持で、僕は食物店へは入れないではないか。

美々卯

本誌に、うどんのことを書いたものだから、水野女史が、それを覚えていてくれて、「一ぺん、美々卯のうどんのすきを食べてみて下さい」と誘ってくれた。

去年の二月、大阪へ行った時のことだ。

美々卯という名が、先ず、いいと思った。

ミミウ——と口に出して言ってみると、何とも言えない、可愛らしい感じである。ミミというのは、鼻へかかって、一寸《ちよつと》言いにくいのが、ウで、キチッと締まる。それでいて、これは大阪ならではの名前であろう。東京じゃあ、ミミウなんて、どうにも具合が悪かろう。

北の、ガスビルに近い、美々卯へ、水野女史に連れられて行ったのは、昼近くだった。

そろそろ、店は昼食に来るサラリーマン達で、立て込む頃合だったが、前以て、そう言って置いてくれたので、二階の一室へ通された。

うどんのすきとは、どんなものが出るのかな、と楽しみに待つ。

京都の河道屋でも、うどんのすきを名物にしているらしいが、未だ食ったことがない。ここのはまた、それとは流儀が違うんだそうだが、見当がつかない。

鍋が来て、汁の入った、大きな徳利が来て、そして、うどんと、さまざまな材料が運ばれて来た。

うん、これは面白そうだな、と僕は、唾液《つば》を呑んだ。

腹の空き加減も適当だ。ちゃんと、こういう受入態勢は、朝飯を抜いて、準備してある。これは、食う者としての、エチケットと心得ているのである。

鍋に汁が注がれ、もろもろの材料が、当家のおかみさんの手によって、どんどん入れられる。

鶏肉・ゆば・ひろうず・里芋・若竹、それに餅もある。そういう材料を眺めていると、これはもう食わなくても、この味は分かっているというような気がした。

が、食ってみなくっちゃ、しようがない。

さア、早く煮えてくれ、と箸を持って待った。

が、中々《なかなか》煮えて来ない。ガスがトロいので、鍋からは、心細い湯気が、立ちのぼっているばかりで、あの心にくき沸騰状態になって来ない。

昼間のことだし、これから仕事がある矢先なので、酒は飲めない、ただこれ、早く煮えてくれと、鍋を見つめていた。

水野女史は、中々の性急《せっかち》だ、「ガスが出ませんね、どうしたんだろう、ガス会社へ電話かけようか」などと、焦るのであるが、おかみさんは、落ち着いたもので、「煮えて来まへんなあ」と、ちっとも騒がない。

丁度、時分時《じぶんどき》だから、方々で一斉にガスを使っているので、それで、弱いのだろう、というようなことを言いながら、ゆっくりと構えている態《さま》は、一寸いいものだった。

まだ、ふつふつと煮えては来ないのであるが、僕はもう我慢していられなくて、ハッキリ煮えていない奴を、食い始めた。

そのうちに、ガスがやや強力になって鍋には、泡が立ち始めた。

おかみさんが、その時、やおら言った。

「煮えて参じました」

おかみさんともども、煮えて来たことを喜びながら、僕はしかし、この、おかみさんの言葉、「煮えてサンじました」というのが、とても嬉しかった。

久しぶりで、大阪へ来たような、なんどりとした気分になった。

この時少しもあわてず——という意気で、煮えて参じました、と一言言ったのが、僕を、旅の心にしてくれ、のうのうさせてくれた。

東京の食いもの屋の、荒っぽい言葉に馴れていると、大阪や京都では、食いもの屋の女中やおかみさんの、何気なく発する言葉で、馬鹿に嬉しくなったり、くつろいだ気になったりすることがある。

それがまた、大阪に一と月も居ると、関西弁が、まどろっこしく感じられて来る。だから、そんな時、東京へ帰って、すし屋へ入って、「ホラ、あがりだよッ！」というような、アンちゃんの威勢のいい言葉をきくと、ああ俺は東京へ帰ったんだな、という安定感のようなものを感じる。

美々卯の、おかみさんの言葉は、すべて僕にとって、旅のよろこびを感じさせてくれた。

「うどんは消化がいい」というような話になった時、おかみさんは、「コーのもんですさかいなあ」と言った。

粉のものというのを、コーと引っぱる。大阪なら当りまえのことで、今更そんなことに感心することはないんだが、そろそろ煮えて参じたところの鍋の世話をしながら、おかみさんが言ったのである。

外は、二月の寒い風が吹いている、昼さがりである。そして、こっちは旅の身だ。感じが出るんだな、つまり。

で、肝腎の、うどんすきから話は外れたが、美々卯の、うどんすきなるもの、中々良心的で、結構だった。

普通の、うどんだったら、煮えて行くに連れて、汁が濁って来るのが、当家のは、決して、汁が濁らない、というのが特長らしい。

そして、前にも述べた、種々の材料も、いちいち念が入れてあって、例えば、あなご（ハモですか?）の切身なんかは、先きに味付けがしてあるし、鶏肉も、軍鶏《しやも》に近い味のものが選ばれていた。

それらの材料と共に、うどんも食い、大いに能率を上げたつもりだったが、うどんてもの、そんなに大量食えるもんじゃない。僕の大食（そして、受入態勢もよかったのだが）にして、三人前ぐらいしか、ハカが行かなかったように思う。

うどんそのものは、これは、東京では、こういうのは食えない。関西方の勝利。

そして、はじめに感じた通り、すべては、食わない前から、味は分かっている、というような材料（グと言った方が、感じが出るな）ばかりだから、殊更に何が美味《うま》かった、ということはなかった。

この場合、鍋よりも、おかみさんの言葉と、旅の心、というようなものが混り合った雰囲気が嬉しかったのだ。

うどん腹を、タクシーに乗せて、僕は、芝居へ行ったのだが、妙に睡くなったのを覚えている、酒も飲まないのに、ヘンに睡かった。うどん腹は、一寸ダレるらしい。

とか何とか言ったが、美々卯のうどんすきなるもの、旦那様としては、お気に召したらしく、それから二三日経って、またぞろ出かけた。
今度は、ガスの出が、よかった。

富士屋ホテル I

箱根宮の下の富士屋ホテルは、われら食子にとって、忘れられない美味の国だった。

戦前戦中、僕は、富士屋ホテルで、幾度か夏を過し、冬を送ったものだった。それが、終戦後、接収されて、日本人は入れなくなってしまった。そしてまた、それが一昨年の夏だったか、解除になって、再び日本人も歓迎ということになり、ホテルから通知が来た。

行きたいとは思いながら、暇もなかったし、また一つには（と言って、実は、これが重要な点であるが）高いだろうなあと思って、今まで行く機会が無かった。

戦前から戦後にかけての値段は、三食と、お八つ（コーヒーまたは紅茶に、トースト）が附いて、バス附の部屋で、一泊二十円（サーヴィス料一割）くらいだった。さあそれが、今の世の中では、一体幾らくらいになっていることだろう。

再開の通知をもらうと、折返し、値段を報《しら》せろと言ってやったので、それが届いた。三食附のアメリカンシステムではなくなって（戦後アメリカンシステムではなくなったのは面白い）（面白かあないか）食事は別になっている。そして、僕の計算によると、戦前の一泊二十円は、大体に於て、五千円くらいになるのではないか。但し、三食は食うが、酒を飲んだらそれでは済むまい。（それは、戦前とても同じではあるが）となると、安くないからなあ。今の僕の身分と致しましては、一寸《ちょっと》考えちまった。それが、この三月のことである。スポンサーが附いた（つまり、万事奢《おご》ってくれる人が出来たこと）。行ってみようじゃないかということになって、しかも、東京から、彼スポンサー氏の自ら運転する自動車（無論自家用のパリだ）で、富士屋ホテルの玄関へ、堂々と到着した。

まことに、いい気持であった。

玄関で、自動車《くるま》を下りた途端に、四辺を見廻しながら、

「うーん、昔のまんまだねえ」

と言ってしまった。戦災を受けていないから、当りまえである。そして、花御殿という離れの一室に、落ち着いたのであるが、さてしかし、ここの食堂も昔のまんまだろうか、と心配になって来た。

昔の、富士屋ホテル。

ここで、溶暗――溶明。

昭和十五年の、僕の食日記が登場する。昔の富士屋ホテルの姿である。

一月三十一日　夕方、宮の下富士屋ホテル着。夕食＝白葡萄酒（ソーテルン）小壜一本。オードヴルが、実によく、ビフテキ、プディング、美味《うま》し。

二月一日　朝食＝オレンジ・ジュース、オートミール、煎り卵、コーヒー、トースト。昼食＝オードヴル、ポタアジュ、車海老のフライ、鶏とヌードル。夜食＝ローストビーフが、よし。

二月二日　朝食＝煎り卵と、コーンビーフ・ハッシュ。昼食＝マカロニ・メキシカン、車海老のカレーライス。夕食＝トマトクリームスープと、プラム・プディングが、よかった。

二月三日　朝食＝オートミールと、煎り卵。昼食＝ポタアジュ、よし。ボイル・ディナーと、ポーク・ソーセージ。夕食＝ソーテルン一本。

もう二三日滞在したのだが、この辺にして置く。

ただ、これだけは、メニュウを披露しただけで、その美味《い》さを伝えることは出来ないが、毎食、僕は、タンノウし、ここは何と言っても、一流中の一流の味だと感心していたのである。昭和十五年といえば、まだアメリカとの戦争前だから、物資も、それ程不足していなかった、ということも、このメモで分かる。

戦争苛烈となり、いよいよセッパ詰って来ると、流石《さすが》に富士屋ホテルも弱って来て、食事の量は半分以下になり、とても僕など一人前では足りないので、食堂で定食を食うと、大急ぎで、グリルへ駆けつけて、また食うというようなことになって来た。どうも僕は、大食いのようだ。

今更、大食いの「ようだ」なんて言うのは可笑《おか》しいが、自分でも、一種の大食いだとは思っている。美味いものなら、いくらでも食えるからである。不味《まず》いものとなったら、全く食わない。

大食いで思い出したが、やっぱりこの富士屋ホテルで、面白いことがあった。たった一人で、ある冬のこと、十日間ばかり、ここに滞在したことがある。外に雪が降っていたから、冬に違いない。

ある晩、その雪の降るのを、窓外に眺めながら、食堂へ行くと、客は、まばらで、空《す》いていた。大分滞在も長くなって退屈だから、何か変ったことにぶつかりたくなっている。

こんな時に、一つ試みるかな？

というのは、僕がここへ来る度に、大分以前から考えている企画なので、食堂のメニュウを上から下まで全部食ってみよう、という試みなのである。

メニュウは、好みで選ぶようになっているが、全部食ったって、値段は同じわけだ。だから、こんな時に、暇にあかして、上から下まで、みんな平げてやろう。

そう思ったのだが、流石に、これは、アッサリと、「全部食ってみせるから、持って来い」とは言いにくい。

で、傍に立っているボーイに、

「ねえ君、ここには随分方々の国の人が来るだろうが、何国人が一番大食いかね？」

と聞いてみた。

こういう風にして、からめ手から、段々と攻めて行こうという腹なんだ。

ボーイは、こっちに、そんな企みがあるとは知らない。

「インドの方が一番よく召し上るようでございますな。フランスなんかも割合に、大食の方が多いようで――」

なんて答えた。

「フーム、日本人はどうだい？」

「日本人でも、随分召し上る方が、ございます」

「でも、このメニュウを、上から下まで、全部食った、なんて人は、日本人には居ないだろうね？」

「いえ、それが、ございます。何とか会社の社長さんの坊ちゃんで、ラグビーの選手でいらっしゃいますが、その坊ちゃんが、メニュウ全部召し上がりましたよ」

「ホホウ、そうかね。それじゃあ一つ、俺もやってみようか」

「ハ？」

「いや、その坊ちゃんみたいに、俺も、全部食ってみようか」

「ハア」

ボーイは、呆れたような顔をしたが、次の瞬間には、面白くなったらしい。

「では、早速お持ち致しましょう」

と、勇んで、一旦テーブルを去った。

で、これから、先ず、オードヴルから、スープは、コンソメ、ポタアジュの二つを平げ、順々に十数種を食うことになるのである。

しかし、どうです、僕の、話の持ちかけ方ってものは、うまいもんでしょう？

からめ手から、攻めて行くところなんか、うまいと思うんだが、そうでもないかな。

富士屋ホテル Ⅱ

とにかく、メニュウを、全部上から下まで食ってみようじゃないか、ということになって、僕は、ひそかに、バンドをゆるめて、待ち構えていたのであった。

ここに、一寸《ちよつと》御参考までに、富士屋ホテルの食堂のランチのメニュウを御紹介する。(次頁参照)

これは、戦後、つい最近の、つまり僕が行った時のものであって、昔のは、もっと豊富だったと思っていただきたい。が、先ず、ここに掲げたメニュウを、読者諸子が、上から下まで全部食べるんだ、そういう運命になったんだ、と思って、眺めていただきたいのである。

1は、こりゃあ何でもない。

が、スープの部へ入ると、2は、ポタアジュで、3が、コンソメである。これを両方とも吸い尽さなければならない。この辺で、ヘコタレては、問題にならない。

4の魚から、5のラムシチュウと平げて、野菜は、678とも皆食べてしまわなけ

LUNCH

Sunday March 18th 1956

APPETIZER

1　Supreme of Grapefruit and Orange

SOUP

2　Potage a la Suedoise
3　Hot Consomme en Tasse

FISH

4　King Fish Saute Baloise

ENTRÉE

5　Glorious Lamb Stew

VEGETABLE

6　Buttered Brussels Sprouts
7　Corn Fritters
8　Whipped Potatoes

CHOICE OF

9　Grilled Chicken Piquaute
10　Prawn Curry and Rice

SALAD

11　Grand Union Salad

DESSERT

12　Crepes à la Suzette
13　Bavaroise Napolitaine

14　Assorted Fruits
Coffee　Tea　Green Tea　¥ 1,000

Inspection of Kitchen
Cordially Invited

FUJIYA HOTEL
Miyanoshita

富士屋ホテルのメニュウ

ればならない。そして、この辺から段々むずかしくなる。

チョイスと書いてあるが、無論、この際、チョイスなどしてはいられない。9の、グリルド・チキンと、10の海老のカレーライスが、二つとも運ばれて来る。これを皆胃袋の中へ収めてしまうと、11のサラダから、デザートに入る。ここでは、12のクレープ・スゼット、13のバヴァロアの二種。それから、果物の何種類かを食べて、コーヒーを飲み、紅茶を飲み、そして、ここに書いてあるからには、グリーン・ティーも飲まなくてはならない。

――という次第です。如何ですか？

無論、このくらいなら行《い》けると思われる方《かた》もあるだろう。が、随分大食と言われる人でも、うんざりだ、と言って降参する方《ほう》が多いんじゃなかろうか。そして、これは、はじめにも言った通り、戦後の、しかも、ランチのメニユウなのだ。

昔の富士屋は、もっと品数が多かったし、ディナーのメニユウともなれば、更に豊富だったに違いない。

で、僕は、ディナーの際に、この冒険を試みたのである。

先ず、オードヴルから始まって、スープ二種、魚が二種、肉も二種、野菜もふんだん。はじめっから自信は、あったんだが、やってみると、割に楽だった。

大したことはないじゃないか、と心の中で思う。しかし、胃袋が、大分《だいぶ》前方へ、せり出して来たようだ。

サラダが終って、デザートに入る。と、しめたものだ。僕は、甘いものが大好きで、脂っ濃いものの後なら、益々いい。今でも僕は、温いプディングなんかには目が無くて、必ずお代りをしてしまう。(わが糖尿病に栄光あれ)

そんな風だから、お菓子の二三種類くらいは、何でもありはしない。ペロペロと平げた後が、コーヒー、紅茶に、グリーン・ティー。

「なァるほどねえ」

と、傍に立って、見ていたボーイが、感心した。

本来は、チョイスのシステムであるから、これだけ食われては、その頃にしても、合わなくなったろうが、さりとて、アメリカンシステムで、食事代は、宿泊料にこめてあるのだから、別に金を取るわけには行かない。そういう次第で、第一夜は成功、全部平げた。

別段、胃袋をこわすようなこともなく、翌朝はまた、適当に腹が減っていた。で、朝食のテーブルに就くと、ボーイの方で心得ちまって、朝のメニュウも全部運んで来た。

ジュース二三種、オートミール、コーンフレークス、それに卵の料理が、五六種類。マフィンに、クラッカー、トースト等々。

こんなものは、何でもない。ホットケーキに、コーヒー、ココア、紅茶、皆歓迎だ。

かくて、僕は、この食堂に於ては、必ず、メニュウの全部を運ばせることに、定ってしまったのである。年も若かったが、随分無茶をしたものだと、今ふり返ってみれば、そう思う。

しかし、その頃の僕にしてみれば、これは決して、大食いなんてものじゃない、と思っていた。

大食い競争じゃない。第一、相手がいない、一人っきりである。そして、我慢して、苦しがって食うのではないのだ、いちいちを美味《うま》いと思って、味わいながら食うのである。だから、世に言う大食いとは違う。彼等は、大福を何百と食ったり、飯を何升とか食ったりするのだが、それは、もう美味くも何ともないに違いないし、同種類の物を、やたらに詰め込むというのは、下品なことだ。俺のは、違う種類の色々なものを、順序よく食うのであるから、上品なスポーツだ。そんな風に思っていたのである。

ところが、このスポーツも、一人の時は、よかったが、同じテーブルで誰かと一緒に食う時は弱った。

喜多村緑郎先生が、食堂へ入って来られて、丁度いいから、一緒になろうというんで、お話をしながら、同席することになった。と、僕のところへだけ、スープが、コンソメから、ポタアジュと運ばれるので、「おや？」と、喜多村先生は驚かれた。「いや、実は――」と言って、いちいちその説明をするのが、辛かった。

しかし、本当のことを言えば、毎食毎《ごと》に、メニュウを全部平げていた日には、腹具合はともかくとして、倦き倦きしちまう。種類は、いくら多くても、結局は、西洋料理なんだから、うんざりして来る。

しかし、意地ってものがある。途中から、全コースというのをやめるのは嫌だ。またその頃の富士屋には、日本料理の定食もあったんだが、それを食うことも恥とした。いよいよ苦しくなったら、滞在を切り上げて、帰るべきだ、という悲壮な気持だった。で、そうだな、かれこれ一週間、苦行を続けたと思うんだが――苦行とは言っても、やはり美味いものは美味くって、苦しみつつも、毎食一品くらいは、喜んで食ったものだ、――そして、一週間目くらいに、全身洋食の如き感じになり、もはや、堪えがたしと覚えた。で、富士屋ホテルを去って、熱海へ出た。

熱海の日本宿で、朝食を食った時、ああ、こんなに、日本食ってものは、うまいものか！　と感嘆した。

コーヒーとトーストに、ハムエッグス、ベーコン等の朝食から、熱海の名物の干物、納豆、みそ汁に、生卵という朝飯の、ああ何とも言えない、うまさであった。

それは、日本人の幸福とも言えた。

また、富士屋ホテルの美味地獄から、解放された悦びでもあった。

富士屋ホテル　Ⅲ

そして僕は、今年の三月十七日に、富士屋ホテルに一泊した。

着いたのが、夕方だったので、部屋に落ち着いて、バスに浴したりしている間に、もう八時近くになってしまった。

食堂は、八時半までで閉まる。グリルの方は、十時半頃まで開いているときいたので、それじゃあ、今夜は、グリルの方にしよう。八時半迄というんじゃあ、気が急《せ》くから、食堂の方はやめにして。と、連れにも、そう言って、ゆっくり構えた。

八時廻った頃に、部屋を出て、グリルの方へ歩いて行くと、ボーイが、「グリルでございますか。食堂へいらした方がサーヴィスが、よろしうございますが」と言った。でも、気が急くからね、と、それを聞き流して、グリルへ行く。

グリルも、昔とは場所が変った。前は食堂の上の方の、小さな建物だったのが、今度は、場所が変って、ずっと大きくなっている。

そのグリルへ入った途端、これは殺風景だなあ、と驚いた。食堂の、落ち着いた感じと比べると、この方は、ひどくガサツだ、悪く言えば、ステーションの食堂へ入ったような感じなのだ。そして、ボーイたちが、訓練されていず、モソモソしていて、入った時から、もう落ち着かない。

ああしかし、それもこれも、思えば、このホテルにしてみれば、十年間ほどのブランクがあったのだからな。アメリカさんの接収の間は、やはりこの若いボーイ達が、サーヴィスしていたのであろうか、あるいはまた、この若者たちは、去年再開後に雇われて来たものか。

とにかく、サーヴィス道も、一年や二年で、会得出来るものではない。十年前と同じようなサーヴィスを、求める方が無理だった。

されぱこそ、さっき廊下で、ボーイが、食堂の方が、サーヴィスがいいと言ったのであったか。

サーヴィス道を心得た者は、食堂に働いていて、グリルは、ニュウフェイスばかりなのかも知れない。

とにかく、席に就くや否や、それが気になったので、今宵の食事は、辷《すべ》り出しが悪かった。

殺風景な飾り付けも、アメリカ人向きの、衛生的装飾かも知れない。

メニュウを見ても、アメリカ的影響が大きく見られた。

ジョニーウォーカーの、ハイボールを取って、オードヴルから始めた。

オードヴルには、アメリカ的影響は無かったが、特徴のない、平凡なもの。鶏の唐揚げ、というのが、メニュウにあって、アメちゃん好みで、きっと、よく出るんだろう、と思って試みたが、これも頗《すこぶ》る平凡だった。

メニュウを尚も漁って、ロースト・ビーフがあったから、それを註文。ロースト・ビーフ（無論ホットの方）は、大きくはあったが、桃色の、嬉しい肉ではなくて、色が憎々しかった。これはしかし、今考えてみると、照明のせいもあったかも知れない。

ホースラディッシュは附いていたが、ヨークシャープディングは添えてない。それはまあいいとして、この味、どうにも、うまいとは言えなかった。

その味気ない、ロースト・ビーフを食いながら、僕は思ったのだ。すべては、アメリカ人向きなんだ、これは。殺風景な部屋の飾りも、照明も、食物の味も、みんな、アメリカ式になってしまったのだ。

先代の山口大人が生きていたとしてもこの流れには抗し難かったに違いない。誰が悪いのでもない、戦争に負けたのが悪いのである。

かくて、グリルは失望に終った。そして、僕は、朝食を、本食堂で食うのを、たのしみにして、寝たのであった。

翌朝。食堂へ入る。女の子が、サーヴィス。これは、行き届いていて、先ず気持よし。

メニュウ持つ手も、たのし。

しかし、(ああ、しかし)この朝飯のメニュウにしてからが、アメリカ然としていることを、どうすることも出来なかった。

昔のここの朝飯のことは、判然《はっきり》覚えていないが、どうも、こんな風では、なかったようだ。

トマトジュースを書き出しに、ジュースの数は、やたらに多い。しかし、これらを皆飲んでみたところで、面白くはあるまい。

よっぽど僕は、昔に返って、このメニュウにあるもの皆持っといで、と言いたかったが、その元気が出なかった。

うまそうだな、と思うものが、無いんだもの。

これは僕の記憶違いであろうか、昔は朝から、ビフテキでも何でも出たように思うんだが——今は、魚は、フライだけだ。卵の種類は色々あるが、卵は、何としても卵だ、つまらない。

で、僕は、コーヒーを、ふんだんに飲み、(自ずと、アメリカ流になる)パンは、トーストの他に、マフィンももらい、オートミールから、スパニッシュ・オムレツ。

それで、おしまい。

これじゃあ、全く物足りないし、第一腹が張らない。そこで、また、メニュウを何度も見て、シナモン・トーストを一つ。

これも亦、アメリカの味に違いあるまい。

アメリカ式なんだろうか、肉のものが出ないのは。

そうだっけ、昔は、ここの朝飯に、コーンビーフ・ハッシュってものが出た。あれは、うまかった。今は、メニュウに無い。

何もかも、アメリカのせいにするわけじゃないが、この朝飯の物足りなさは、やっぱり、アメリカのせいだろう。

まことに、頼りなきままに、食堂を出ると、僕は、台所の方へ歩いて行った。

富士屋ホテル長年の料理長、小島君を訪れたのである。

小島君は、台所の奥から出て来て、やあしばらく、と言ってくれたが、どうも僕は、機嫌が悪くて、お愛想が言えない。

何となく、嘆かわしいというようなことばかり言っていたようである。

敗けた日本ばかりじゃないんだ。アメリカ式、合理的、衛生的という行き方は、もはや全世界に、放射能の如く流行《はや》っているんだ。

富士屋ホテルも亦、その渦中に巻き込まれないわけには行かなかったのである。

僕は、連れのスポンサー氏に、せめてもう一食、昼飯をここで食って行こう、と言ったのであるが、彼は、やっぱりこの朝飯に、すっかり懲りたらしく、

「いや、もう早く熱海へ行って、重箱のうなぎを食いましょう」

と言うではないか。

で、私たちは、(いや、私ばかりは) 心ならずも、その昼には、熱海へ到着して西山の重箱で、うなぎを食っていたのである。

「これで、日本を取り戻した」

そう思いながら。

神戸　I

久しぶりで、神戸の町を歩いた。

この六月半から七月にかけて、宝塚映画に出演したので、二十日以上も、宝塚の宿に滞在した。

撮影の無い日は、神戸へ、何回か行った。三の宮から、元町をブラつくのが、大好きな僕は、新に開けたセンター街を抜けることによって、また、たのしみが殖えた。センター街はしかし、元町に比べれば、ジャカジャカし過ぎる。いささか、さびれた元町であるが、僕は元町へ出ると、何だか、ホッとする。戦争前の、よき元町の、よきプロムナードを思い出す。

戦争前の神戸。よかったなあ。

何から話していいか、困った。

で、先ず、阪急三の宮駅を下りて、弘養館に休んで、ゆっくり始めよう。

三の宮二丁目の、弘養館。それは一体、何年の昔に、ここのビフテキを、はじめて食べたことであったろうか。子供の頃のことには違いないのだが。

弘養館という店は、神戸が本店で、横浜にも、大阪にも、古くから同名の店があった。

神戸の弘養館は、昔は、三の宮一丁目にあったのだが、今は二丁目。

今回、何年ぶりかで、弘養館へ入って、先ず、その店の構えが、今どきでなく、三四人宛《ずつ》の別室になっているのが、珍しかった。

昔のまんまの「演出」らしいのだ。と言っても、その昔は、もう僕の記憶にない程、遠いことなので、ハッキリは言えない。でも、いきなり、こんなことで商売になるのかな？　と思う程、全く戦前的演出であった。

四人くらいのための一室に、連れの二人と僕の三人が席を取って、さて、「メニュウを」と言ったら、ボーイが、「うちは、メニュウは、ございません」。

と、思い出した。この店は、ビフテキと、ロブスターの二種しか料理は無かったんだ。昔のまんまだ。やっぱり。弘養館へ来て、メニュウをと言うのは野暮だった。

「ビフテキをもらおう」

スープも附くというから、それも。

先ず、スープが運ばれた。深い容器に入っている、ポタージュだ。ポタージュ・サンジェルマンと言うか、青豆のスープ。それが、まことに薄い。

ひどく薄いな。そして、無造作に、鶏肉のちぎって投げ込んだようなのが、浮身（この際、浮かないが）だ。

ポタージュの、たんのうする味には、縁の遠い、ほんの、おまけという感じだ。つまりは、この店、これは、ビフテキの前奏曲として扱っているんだろう。

しかし、何んだか昔の味がしたようだ。

ビフテキは、先ず、運ばれた皿が嬉しかった。藍《あい》染附の、大きな皿は、ルイ王朝時代のものを模した奴で、これは、戦後の作品《もの》ではない。疎開して置いたものに違いない。この皿は、昔のまんまだ、少なくとも、これだけは。

ビフテキは、如何焼きましょうと言われて、任せると言ったので、中くらいに焼けている。ここにも昔の味があった。近頃のビフテキには無いんだ、この味。悪く言えば、何んだかちいっと、おかったるいという味。しかし、ビフテキってもの、正に昔は、こうだった。

子供の昔に返ったような気持で、ビフテキを食い、色々綺麗に並んでいる添野菜を食う。

温・冷さまざまの料理が、いちいち念入りに出来ていたのが嬉しい。この藍色の皿で、野菜を食っていて、ふいッと思い出した。

そうだ、僕が、生れてはじめて、アテチョック（アルティショー――食用薊《あざみ》）ってものを食ったのは、神戸の弘養館だった。

中学生か、もっと幼かりし日かの僕。アテチョックを出されて、食い方が分からなくて、弱ったんだっけ。そして、僕を連れて行ってくれた伯父に教わって、こわごわ食った。その時、伯父は、これはアテチョコというものだと、それも教えてくれた。

昔のことを思い出しながら、食い終って、僕は、この店の主人に会いたいと申し入れた。昔のはなしが、ききたかったから。

ボーイが、「はい、大将いてはります」と言う。大将と呼ぶことの、また何と、今どきでないことよ。

大将に会って、きいてみたら、何と、この店は、現在の大将の祖父の代から、やっているのだそうで、七八十年の歴史があると言うのだ。

「へえ、祖父の代には、パンが一銭、ビフテキが五銭でしてん」

そんなら僕が、幼少の頃に来た時は、二代目の時世だったのだろう。そんな昔からの、そのままの流儀で、押し通して来た、弘養館なのである。

味も、建物も、すべてが、昔風。こんなことで商売になるのかと心配したが、時分《じぶん》時《どき》でもない、午後三時頃に、僕の部屋以外にも、客の声がしていた。

七八十年の歴史。売り込んだものである。

さて、弘養館を出ると、また、僕は思い出すのである。

三の宮バーは、無くなったのかな？

この近くにあった、小さな店。バーとは言っても、二階がレストオランになっていて、うまくて安い洋食を食わせた。

安洋食に違いないが、外人客が多いから、味はいいし、第一、全く安かった。スープが、二十銭だったと思う。ちゃんとした、うまいコンソメだった。神戸の夜を遊ぼうというには、先ず、ここを振り出しにした。ここで、アメリカのウイスキー、コロネーションとか、マウンテンデュウなどという、これがまた安いんだ、それをガブガブ飲み、安い洋食を、ふんだんに食ってしまう。

こうして、酔っぱらって置けば、女人のいるバーへ行ってから、あんまり飲まずに済むからというんで、下地を作ったわけだ。

戦争になる前のことだ。

戦争になってからは、やっぱり、すぐこの辺にあった、シルヴァーダラーへ、よく通った。

酒も食物も乏しくなった時に、シルヴァーダラーのおやじは、そっと、うまい酒を飲ませてくれ、ツルネード・ステーキなどを拵《こしら》えてくれた。他の客のは、鯨肉なのに、僕のだけは、立派なビーフだった。涙が出る程、嬉しかった。

大阪の芝居が終ると、阪急電車で駈けつけた、あんまりよく通ったので、おやじが、勲章の代りに、シルヴァー・ダラーの名に因《ちな》んで、大きな、外国の銀貨をくれたものだった。

神戸　II

三の宮から元町の方へ歩いて行くと、僕の眼は、十五銀行の方を見ないわけには行かない。もうそこには、今は無いのだが、ヴェルネクラブが、あったからである。

十五銀行の地下に、仏人ヴェルネさんの経営する、ヴェルネクラブがあった。

僕が、そこを覚えたのは、もう二十年近くも以前のことだろう。それから戦争で閉鎖となり、また終戦後一度復活したのだが、また閉店して、今は同じ名前だが、キャバレーになってしまった。

ヴェルネクラブの、安くてうまい洋食は、先ずそのランチに始まった。むかしランチは確か一円だったと思う。それでスープと軽いものと、重いものと二皿だった。

それは、この辺に勤めている外国人、日本人の喜ぶところで、毎日の昼食の繁盛は、大変なものだった。

ランチも美味《うま》かったが、ヴェルネさんに特別に頼んで、別室で食わしてもらったフランス料理の定食は、今も思い出す。どこまでも、フランス流の料理ばかり。そして、デザートには、パンケーキ・スゼット。

それが、戦争になって、材料が欠乏して来ると、ヴェルネさんは嘆いていた。

「ロッパさん、(それが、フランス式発音なので、オッパさんというように聞えた)むずかしい。沢山、むずかしい」

そう言って、両手を拡げて、処置なしという表情。材料が無くなり、ヤミが、やかましくなって、彼の商売は、沢山むずかしくなって来た。

やがて閉鎖した。

この間、何年か相立ち申し候。

昭和二十五年の夏だった。

再開したと聞いて、僕は、ヴェルネへ駆けつけた。

「オッパさん!」と、ヴェルネさんが、歓迎してくれて、昔の僕の写真の貼ってあるアルバムを出して来たりした。

テーブルクロースも昔のままの、赤と白の格子柄。メニュウを見ると、昔一円なりしランチが、二百五十円と五百円の二種。五百円のを取ると、オルドヴルから、ポタージュ。大きなビフテキ。冷コーヒーに、ケーキ。

ビフテキも上等だったが、それにも増して嬉しかったのは、フランスパンの登場だった。終戦後は、アメリカ風の、真ッ白いパンばっかり食わされていたのが、久しぶりで（数年ぶり）フランスパンが出たので、嬉しかった。

その時の神戸滞在中、七八度続けて通った。そして、グリル・チキン、スパゲティ、ピカタ、アントレコット等、行く度に色々食ったものであった。

それが、それから数年経って行ってみたら、キャバレーになっていた。でも、僕は、その辺を通る度《たび》に、ちらっと、ありし日のヴェルネクラブの方を見るのである。

今日も、ちらりと、その方を見ながら、元町へ入る。この町は、昔から、日本中で一番好きな散歩道なのだが、ここには別段食いものの思い出は無い。食うとなると、僕は、南京町の方へ入って、中華第一楼などで、支那料理を食ったので、元町の散歩道では、昔の三ツ輪のすき焼を思い出すくらいなものだ。

こっちから入ると、左側の三ツ輪は、今は、すき焼は、やっていない。牛肉と牛肉の味噌漬、佃煮を売る店になったが、昔はこの二階で、すき焼を食わせた。

もう少し行くと、左側の露路に、伊藤グリルがある。戦争前からの古い店で、戦争中に、よく無理を言っては、うまい肉を食わしてもらった。

だから伊藤グリルを忘れてはならなかった。

戦後も行って、お得意の海老コロッケなどを食った。ここは気取らない、大衆的なグリルである。

そうだ、この露路に、有名な豚肉饅頭の店がある。

森田たまさんの近著『ふるさとの味』にそこのことが出て来るので、一寸抄《ちよつとぬ》く。

……神戸元町のちょっと横へはいった、――あすこはもう南京町というのかしら、狭い露地の中に汚ならしい支那饅頭屋があって、そこの肉饅頭の味は天下一品と思ったが、それも一つには、十銭に五つという値段のやすさが影響しているに違いない。この肉饅頭は谷崎先生のおたくでも愛用されたという話を、近頃うかがって愉快である。……

全くこの肉饅頭は、うまいのである。そして、森田さん、十銭に五つと書いて居られるが、僕の知っている頃（昭和初期か）は、一個が二銭五厘。すなわち、十銭に四つであった。

そのような安さにもかかわらず、実に、うまい。他の、もっと高い店のよりも、ずっと、うまいんだから驚く。中身の肉も決して不味《まず》くはないが、皮がうまい。何か秘訣があるのだろう。

その肉饅頭も、無論戦争苛烈となるに連れて姿を消したが、終戦後再開した。

そしてまた、ベラボーな安価で売っている。今度は、二十円で三個である。

ところが、それでいて、またどこのより美味い。これは、声を大にして叫びたいくらいだ。

昔もそうだったが、そんな風だから、今でも大変な繁盛で、夕方行ったら売切れている方が多い。

この肉饅頭の店、そんなら何という名なのか、と言うと、これは恐らく誰も知らないだろう。饅頭は有名だが、店の名というものが、知られていない。知られていないのが当然。店に名が無いのである。

今回も、気になるから、わざわざあの露路へ入って、確かめてみた。

「元祖　豚まんじゅう」という看板が出ているだけだ。店の名は、どこを探しても出ていない。(包紙なども無地だ)

標札に、「曹秋英」と書いてあった。

とにかく、この豚饅頭を知らずして、元町を、神戸を、語る資格は無い、と言いたい。

露路を出て、元町ブラをする。

これは戦後いち早く出来た、アルドスというアイスクリームの店。大きな店構えで、アイスクリーム専門だった。暫くうまいアイスクリームなんか口に出来なかった戦後のことだから、ここのアイスクリームは、びっくりする程うまかった。

ヴァニラと、チョコレートとあって、各々バタを、ふんだんに使ったビスケット附き。それも美味かった。

それが、今度行ってみたら、アルドスという店は無くなっていた。アイスクリームは、全国的に、ソフトに食われてしまったのか。

戦後に、やはりこの辺に、神戸ハムグリルという大衆的な、安い洋食を食わせる店があって愛用したものだが、それも、見つからなかった。

もっと行くとこれも左側にコーヒー屋の藤屋がある。戦争中は、ここのコーヒーが、素晴しかった。今は代が変ったのか、大分趣が変ってしまった。

神戸　Ⅲ

元町から、三の宮の方へ戻ろう。

ヴェルネクラブのあった、十五銀行の方をまた振り返り、そしてその向うの、海の方も気にしながら――

というのは、ここの海には、フランス船の御馳走の思い出があるからだ。M・Mの船の、クイン・ドウメルや、アラミスなどというので食べた、本場のフランス料理、このことは既に書いたから、略す。

三の宮へ引返すのに、センター街を通って行く。昔は元町と三の宮の間には、繁華街は無くて、生田筋から、トアロードを廻ったりしたものだが、今はセンター街がある。

センター街の賑わいは、ともすると、元町の客を奪って、昔の元町のような勢を示している。

ここにも、うまいものの店は、あるのだろうが、僕は、ここについては、まだ詳しくない。

知っているのは、センター街の角にある、ドンクというベーカリー。そこのパンを僕は絶賛するものである。ドンク（英字ではDONQ）のフランスパンは、日本中で一番うまいものではあるまいか。僕は、ここのパンを、取り寄せて食べている。

センター街から、三の宮附近へ戻る。

生田神社の西隣りに、ユーハイムがある。歴史も古き、ユーハイムである。無論、元は場所が違った。もっと海に近い方にあったのだが、戦後、此方へ店を出した。

神戸といえば、洋菓子といえば、ユーハイム、と言ったくらい、古く売り込んだ店である。今回行って、コーヒーを飲み、その味、実によし、と思った。

モカ系のコーヒーで、丁寧に淹《い》れてあって、これは中々《なかなか》東京には無い味だった。

関西では兎角《とかく》、ジャワ、ブラジル系のコーヒーが多いのに、この店のは、モカの香り。そして、洋菓子も、流石《さすが》に老舗を誇るだけに、良心的で、いいものばかりだった。

ミートパイがあったので試みた。これも、今の時代では最高と言えるもので、しっとりとした、いい味であった。

ユーハイムを出て少し行くと、ハイウェイがある。これは戦前からのレストオランで、もとの場所とは、一寸《ちよつと》違うが、すぐ近くで開店。また最近、北長狭通へ移った。きちんとした、正道の西洋料理店。戦時は、大東グリルという名に改めた。大東亜の大東かと思ったら、主人の名が大東だった。それも、昔のハイウェイを名乗って再開。やっぱり、折目正しい、サーヴィスで、柾目の通ったものを食わせる。最近行って、ビフテキを食ったが、結構なものだった。

その直ぐ傍に、平和楼がある。中華料理で、かなり庶民的。僕は、神戸へ行く度に必ずここへ行く。

平和楼と言えば、戦前神戸には有名な平和楼があった。支那料理ではあるがかなり欧風化した、そして日本人の口に合うような料理を食わせる店だったが、その平和楼とは、場所も経営者も違う。但し、全然縁が無いことはないので、この店の経営者は、昔の平和楼の一番コックだった人である。が、今度は、欧風または日本風の料理ではなく、純支那風のものを食わせる。これでなくちゃあ、ありがたくない。で、僕がここで、必ず第一番に註文するのは、紅焼魚翅だ。ふかのひれのスープ。これが何よりの好物で、三四人前、ペロペロと食ってしまう。

東京の支那料理屋では、どうして、こういう風に行かないだろう。魚翅も随分方々で食ってみるが、こういう、ドロドロッとした、濃厚なスープには、ぶつからない。

東京で食うのは、魚翅もカタマリのまんまのや、それの澄汁のような、コンソメのようなの、または、ポタージュに近くても、濃度も足りないし、色々な、オマケの如きものが混入していて、つまらない。こればっかりは、神戸の、本場の中国人が作ったものには敵わないのではないか。

平和楼以前に、僕は、戦後二三年経って、神戸のトアロードの、かなり下の方にあった、福神楼というので、紅焼魚翅を食った。それがこの、ドロドロの、僕の最も好むところのものであった。この福神楼は、今はもう無い。

平和楼の、ドロドロの、ふかのひれ。これを思うと、僕は、わざわざ東京からそれだけのためにでも、神戸へ行きたくなるのである。

その他の料理も皆、純中国流に作られていて、近頃の東京のように、洋食に近いような味でないのが、嬉しい。

この店、階下を、流行のギョウザの店に改装し、これも中々流行《はや》っている。

支那料理の話になったら、神戸は本場だ、もう少し語らなくてはなるまい。

戦前から、戦中にかけて、僕が最も愛用したのは、元町駅に近い、神仙閣である。

これは、谷崎潤一郎先生に教わって行った。そして、その美味《うま》いこと、安いことは、実に何とも言いようのないものであった。

現今流行の、ギョウザなどというものも、この店では、十何年前から食わしていた。

さて、戦後（一九五四年）、戦災で焼けてから、建ち直った神仙閣へ行った。

入口のドアを開けると、中国人が大きな声で、「やアッ、ヤーアッ！」というような、掛け声の如き、叫びを叫んだ。

「いらっしゃい」と言う、歓迎の辞であろう。途端に、ああ昔も、この通りだったな、と思い出した。そして、久しぶりでここの料理を食ったのであるが、昔に変らず美味かった。但し、いささか味が欧風化されたのではないかという疑問が残ったが。

そして、ここいらで、忘れないうちに書いて置かなくてはならないことは、これらの支那料理は、全部、神戸は安い、ということだ。

東京では、こうは行かない、という値段なのだ。つまり、神戸の支那料理は、どこへ行ったって、東京よりは、うまくって、安い。これだけは、書いておかなくっちゃ。

さて、その神仙閣は、一昨年だったか、火事になって焼失し、今度はまた、三の宮近くに、三階建のビルディングを新築して開店。大いに流行っているそうだが、まだ今回は、試みる暇がなかった。

次の機会には、行ってみよう。またもや入口を入ると、「やアッ、ヤヤヤッ！」というような歓迎を受けることであろう。それが、先ず、たのしみだ。

色町洋食

大久保恒次さんの『うまいもん巡礼』の中に、「古川緑波さんの『色町洋食』という概念は、実に的確そのものズバリで」云々と書いてある。

ところが、僕は、色町洋食なんて、うまい言葉は使ったことがないんだ。僕のいわゆる日本的洋食を、大久保さんが、うまいこと言い変えて下さったもの。しかし、色町洋食とは、また何と、感じの出る言葉だろう。

もっとも、これは関西でないと通じない、東京では、色町とは言わないから。で、僕も、大久保さんの、色町洋食という言葉を拝借して、その思い出を語らしてもらおう。

色町洋食と言われて、いきなり思い出したのは、宗右衛門町の、明陽軒だ。入口に、磨硝子《すりガラス》の行燈が出ていて、それに「いらせられませ、たのしいルーム」と書いてあった。

その、たのしいルームへ、僕は幾たび通ったことであろう。

南の妓、AとBとC と——ああ思い出させるなア、畜生——しかし、そういう色っぽい話はまた別のことにしよう。やっぱり僕は、専攻の洋食について語らねばならない。

A女は、アスパラガスを好みたりき。

B女は、「うち、チキンカツやわ」と言う。その、「カツやわ」を、「カッチチヤワ」と発音する。

C女は、「ハラボテおくれやす」

ハラボテとは、オムライスのこと。オムライスの、ふっくりとふくれた姿を、ハラボテ女に見立てたものだろう。

僕は、今、昔の遊蕩と、食慾の思い出に、頰の熱くなるものを覚える。

南に、たしか、タカザワという、うるさい洋食屋があった。うるさいというのは、この店の主人（兼料理人）が、うるさい。口ぎたなく客に喧嘩を売るようなことを言う、つまりは、「うちの洋食がまずかったら銭は要らねえ」式の、江戸っ子で、ポンポン言う奴なのだ。でまた、それが、売りものになり、名物にもなっていたんだろう。

タカザワの名物は、カレーライスだった。ピリッと辛いが、それは中々《なかなか》うまかった。

そこである夜、僕が食っていると、色町のオチョボさん（ていうんだろう。牛若丸みたいな髪を結ってる小女だ）が、出前の註文に来た。

「あンネえ」というような、可愛らしい前置詞（?）があって、カレーライスを何人前とか届けてくれ、と言うのだ。

但し、お客さんが咽喉を悪くしているから、辛くないカレーライスにして下さい。そう言った。これは、大阪弁に翻訳すると益々可愛く聞えるのである。

すると、うるさいオヤジが、いきなり言った。

「うちにゃア、辛くねえカレーライスなんてものは無えよ」

と速口だから、オチョボは、きき取れなかった。

「へ？」

とききかえす、その可愛い顔へ、ぶつけるように、オヤジまた言った。

「カレーライスってものは辛いもんだ。うちにゃあ、辛くねえカレーは無えんだよ」

まるで、叱られたみたいに、オチョボは、ちぢみ上ったように、

「へ、そうだっか」

と言うなり、逃げるように、出て行ってしまった。

僕はオヤジを憎んだ。あんな可憐な少女に対して、あんな乱暴な口をきくなんて！

そしてまた、僕は想像した。オチョボが帰って、報告すると、また、仲居か何かに、叱られるのではないか。

少女を可哀そうに思い、オヤジを憎んだ。

カレーライスは、うまかったが、僕はそれっきり、あの店へ行かなかった。

併しそれも、二十年の昔である。かの可憐なるオチョボも、今は、如何に暮しているであろうか。

色町洋食という言葉が、一番ピッタリ来るのは、無論東京ではない、大阪でもなく、それは京都であろう。

祇園の三養軒、木屋町の一養軒など（京都には、何養軒と名乗る洋食屋の如何に多き）の、第一、入ったところの眺めが、他の土地には見られない、建物なり装飾ではあるまいか。

カーテンで、やたらに、しきって、お客同士が顔を合わせないようになっている。だから、どこのテーブルに就いても、たちまちカーテンで、しきってくれる。

そこへ、「おおきに」の声もろとも、祇園の、あるいは先斗町の、芸妓や舞妓が、入って来る。

旦那（とは限らないが、つまりは、お客）が、先程からお待兼で、「よう待ってたよ」てなことになる。

つまりは、これ等の洋食屋は、レストランというよりは、花柳界の、色町の、延長と言ってもいいだろう。

だから、こういう店には、ボーイに、古老の如きオッサンが必ずいて、痒いところへ手の届くようなサービスをしてくれる。

この旦那がいらしったら、祇園の何番へ電話を掛ければいいとか、あの姐さんが来たら、こういう酒を出せばいいとか、万事心得ていて、トントンと運んでくれる。だから、チップも、はずまなきゃならない。

しかしねえ、木屋町の一養軒あたりでさ、川のせせらぎをききながら、一献やりの、海老のコキールか何か食べながら、ねえ、あの妓の来るのを待ってる気持なんてものは、ちょいとまた、寄せ鍋をつつきながら、レコを待ってるのとは違って、馬鹿にハイカラでいい心持のもんだ。

なんてえのは、戦争前のはなしだがね。いいえ、戦後だって、そういう店は、昔の通りやってますよ。やっぱり、カーテンで、しきってさ、「姐ちゃん、おおきに」なんて言ってるさ。

けど、その祇園・先斗町のですな、妓なるものがだ、マイコなるものがだ、どうも近頃のは、昔のようなわけにゃあ行かない。

なんて、小光・万竜の昔は知らず、初子・桃千代なんて舞妓さんのプロマイド買って、胸をときめかした、僕らにしてみれば、どうも妥協出来ないものがあるんだなあ。

いいえ、ごめんなさい。近頃は、京都へ行ったたって、祇園だ先斗町だって、遊び廻ったことはないんだ、高いからね。だから、いまのことは、知らないってことにしときましょうよ。
昔は安かったからね。遊べもしたんでさ。

一口ばなし

エビランとチッポ

「エビラン一チョウ！」

と、叫ばれた時は、面食った。

ある劇場の食堂でのこと。

エビランとは何だろう？　卓上のメニュウを調べてみると、あった、エビフライランチというのが。

これだよ、きっと。

エビフライランチを、エビランと言う。

古来、鴨南蛮を、カモナンといい、天ぷら丼を、テンドンと言うが如きものだ。また、洋食屋では、ハヤシライスを、ハイライと言い、ポークカツレツ一挺というところを、「ワン、ポカ」などと略して言うところもあるから、別段不思議はないかも知れない。

が、エビランはどうかと思う。第一、その音《おん》が、食いもののような気がしない。少なくとも、うまそうには聞えないではないか。

エビランも相当なるオドロキであったが、それよりも、もっと感じの悪かったのは、銀座のバアで、オードヴルを略して、オードと言われた時だ。

オードってのは、嘔吐を連想して、嫌な気持である。

バアで最近、もっと面食ったのは、「チッポ」だ。

バアのマダムが、「こちらへ、チッポ持って来て」と言った時、さて何が来るのかと、かなり恐怖した。

チッポとは、ポテトチップのことであった。

看板

「高くってまずいおでん食ってみろ」

という看板を出している、おでん屋があった。むろん、戦争前のことで、所は渋谷から大橋へ抜けようという玉電の沿線。

東宝が、まだＰＣＬと言っていた頃。撮影所へ行くのに、どうしてもその辺を通るので、よくこの看板を見た。

面白い看板だなあ、と思ったが、わざわざ食べに寄ったことはない。

戦前は、こんな面白い、ちと荒っぽいが、シャレた看板が、よくあったもんだ。今の世の中には、まあこんなのは通用しないだろう。高くってまずい？　誰がそんなとこへ行ってやるもんか、と言われるのが落《おち》であろう。

片手洋食

入口に、大きな人間の片手が、五本の指を拡げている看板が出ている。手袋屋かと思うと、そうではない、洋食屋である。

浅草に出来た、片手洋食、店の名は、ベル。

何品によらず、一品五十円均一。五だから、片手というわけだ。

ビフテキから、チキンカツその他、野菜サラダに至るまで、何でも五十円というんだから、これは大いに流行《はや》っている。

それも、五十円と来ては、相当お粗末なものだろう、駄洋食だろうと思われるだろうが、決してそうでない。ちゃんとしたものを食わせる。但し、量が少ない。先ず、普通の洋食の三分の二くらいの大きさだろうか——物によっては半分くらいだ。だから、どんな少食の人でも、一皿で満腹ってわけには行くまい、誰しも二皿か三皿は食う。従って、店の方も商売になるわけ。

浅草なりやこその思いつき、片手洋食とは、いみじくも考えたものである。

ここで、ハムエッグスを註文した。運ばれたのを見ると、卵が一個とハム若干である。

ハテ、メニュウには何と書いてあるかな、と調べてみたら、「ハム・エッグ」とある。Ham and Eggs と、複数ではない、ちゃーんと、エッグと書いてある。良心的だ。

複数

卵一個のハムエッグから、ふと、その全く反対の、大ハムエッグスを思い出した。

それは、終戦直後のことだから、昭和二十一二年のことだと思う。京橋の昭和通りに近い、新京橋のほとりであった、杉の家という、バラック建の洋食屋が出来た。

そこは、洋食一皿の量が、実に多く、ビフテキなどは、皿から、はみ出していたし、今話した、ハムエッグスの如きは、何と、卵を六つも使っていた。

戦争中の食物不足、卵一つにも苦労していたわれわれの前に、卵六つも並んだハムエッグス（正に、エッグスである、複数である）が、運ばれた時は、あッと驚いて、敗戦も忘れて、万歳と叫びたかった。

これは、杉の家の、演出のうまさだった。

戦争で疲れ切った人々を、あッと言わせようという企画は、当って、杉の家は大繁盛だった。

しかし、それも、今は姿がなくなってしまったが。

日本人も客のうち

田村町辺の高級支那料理店へ入ると、メニュウに、英語が入っている。これは、無論外人客が多くなったから、無理はないんだが、僕らにしてみると、支那料理に英語は、ぴったり来なくて、料理の値打がなくなるような気がする。

支那料理は、やっぱり、むずかしい漢字が並んでいて、その下に、カッコして、(にくとやさいのいりつけ)というような説明が書いてあるのがいい。

どうも僕は、英語入りのメニュウを出されると、その店の料理が、うまくないような気がする。

面倒でも、日本人向きのメニュウを別に作ってもらいたい。

のろけ

レストランで、メニュウを見る。

チキン・アラ・キングだの、ビフステーキ・シャリアピンだのというのは、心得のある者なら判るが、時々、何だか判らないのにぶつかる。

それも、今日のスペシアルとか、シェフのサジェッションなどというのの中に、まあ、例えば、チキン・ローズマリーといったようなのがある。

ハテどんなものだろう？　考えたって判るわけはない。そのローズマリーというのが料理長の恋人の名前だったりすることがある。

料理人も亦芸術家であるから、そのくらいの、遊びは許されてよかろう。

だから、メニュウを見て、何だか判らないようなのにぶつかったら、これはどんなものだということを、きかなくてはいけない。

通《つう》ぶって、料理長のおのろけを、鵜呑みにするのは愚である。

あとがき――にしては、長すぎる

昭和二十八年の二月号から、『あまカラ』誌に書き出した、僕の食談が、一冊の本になって出版されることになった。

嬉しくって、しようがない。

ふと、何ということなく書き出したものであるが、これほど僕は、嬉しがって書いたものは、今までに他に無かった。

情熱をこめて、そして、他に書かなくてはならないものがあっても、先ず、これを書いてからでなくては、そっちへ手が廻らなかった。

たのまれても、よし来た！　と言って、嬉しがって書けるものは、めったにあるもんじゃない。

だのに、こればっかりは、こっちから願ってでも書きたいものに、なってしまった。

いしんから、僕は、食物が好き、食談が好きなのに違いない。

そこで今考えた。

僕は一体何時頃から、食物に興味を持ち出したのだろう?

そして、何時頃から、こういう種類のものを、書くようになったのだろう?

と、丁度先頃出版された、池島信平著『編集者の発言』の中に、こういうことが書いてあるのを思い出した。

‖文藝春秋の「目・耳・口」欄は、当時の編集会議で、『映画時代』の編集をしていた古川緑波氏がプランとして提出し、金一封を菊池寛氏からもらったと伝えきいている。‖

それは、ほんとなので、『文藝春秋』誌に、今日に至る迄続いている、あの欄は、当時——昭和初年だな——文藝春秋社員として、『映画時代』の編集をしていた僕が、会議の席上で、プランとして提出し、採用されて、社長菊池寛氏から、金一封をいただいたものなのである。

たしか、その一封は、五円入っていたように覚えている。

「目・耳・口」という欄を設けて、見たもの、きいたもの、そして、食べたもののことを、紹介したり批評する。ミヒラキの二頁。

だから、これを提案した僕は、少なくともその頃には、もう、食べるということに、相当注意していたことに違いあるまい。

僕の食談は、今はじまったことじゃない。

しからば、今日までに、僕は、やはり同じような、食談を、何誌かに書いているかしら? と思って、僕は、古いスクラップ・ブックを引っぱり出して、探してみた。

そうしたら、あった。

忘れ去っていたが、それも、一つや二つじゃない、幾つかあった。

その中の二三を、抄《ぬ》いてみる。

これは、昭和十五年十二月、僕も同人の一人だった『キネマ旬報』の、廃刊号。戦争のために整理されて、廃刊のやむなきに至った、『キネマ旬報』に、廃刊を悲しむ心で書いた文章なのであるが、それが、食物のことなのだ。「食慾より思い出ずる」という題である。

食慾より思い出ずる

私が本誌の同人になりましたのは、麻布の今井町に社屋があった頃のことでございました。たしか大洋軒と申す洋食屋だったと思います、そこからカツ飯やライスカレーなどを取っては、社の机で、原稿を書いたり、校正をしたりしながら、よく食べたものでございました。何しろ早稲田高等学院在学当時で、食い盛りのことですから、ほとんどその頃の、原稿料は、大洋軒に払ってしまい、時には、赤字のこともございました。

私が同人になって二年ばかり後のことと思います。社の近く、麻布の電車通りに、銀の鈴と申すハイカラな店が出来まして、クラブハウス・サンドウイッチや、チーズ・トーストの味を覚えさせられ、盛《さかん》に食べまして、随分とお金を遣いました。

それから、社が赤坂の田町へ引越しますと、その近くには、たぬき亭と申す洋食屋がございまして、そこのコロッケは、まことに結構なものでございました。それなどを充分食べまして、まことに美味しゅうございました。

震災があったために、社は、兵庫県武庫郡の香櫨園というところへ、一時移転致しました。その社へ、阪神の香櫨園駅から歩いて参る途中の松原の中に、われわれが、土手の洋食屋と言い馴らした、よしず張りの安洋食がございまして、それがまた中々《なかなか》馬鹿になりませんでした。殊にそこの親爺さんが腕によりをかけて作るビフテキパイなどというものは、どうして中々いただけるものでございました。それを夜更けに、香櫨園の社へ届けさせて食べたのは、私の思い出の一つになっているくらいでございます。

それからまた社は、もとの麻布今井町へ戻りました。あ、ここで気がつきました。先きに、銀の鈴のことを書きましたが、あれは、この震災の後の、今井町時代に出来たものでございました。失礼致しました。何しろ古いことでございますので。

それからもう、つい先だって迄の、太平ビル時代になりますが、内幸町のビルディング街では、もはやお話するだけの味覚の思い出もございません。

もう一つ、同じ昭和十五年七月の、「梅田娯楽新聞」というのへ、寄せた一文。

食べ人の記

旅の思い出を、という命令です。

どうもしかし、旅という感じの旅を、近年ちっともしていないんで。

名古屋・京都・大阪は、芝居で、一年に何回か宛《ずっ》行きますが、これは旅という感じがしないんです。

ロケーションや、映画館の御挨拶などで、時々思いがけない所へ行くことがあります。

それらの方が、僕にとっては、旅という感じの旅なんです。

そして、その旅というものも、意地の、きたないお話ですが、食べもののことばかりしか、覚えていません、景色も、名所も、何も忘れてしまって。

旅という字の中に、僕は、食べるという意味を強く感じます。

去年から今年へかけての、その食べる旅のことを書いてみましょう。

胃腸の人並以上に健全な僕は、旅を、ただ食べて暮すのです。

汽車に乗ると、お腹が減ると言います。

あれは、ほんとですね。

ゴトゴト揺れるからでしょう。

東海道線の、駅売りの弁当では、何駅のと、何駅のとが美味《うま》いなどという知識も、この御時世では通用しなくなりましたが、近頃でも、沼津のお好み弁当は、中々いいです。

大船駅では、ハム弁当というのが、ありました。新しいハムに、トマトライスという、気の利いたものでしたが、もう今は、ありません。

小田原で蒲鉾《かまぼこ》を買い、豊橋で焼きちくわを買って、食堂へ持って行って、おシタジだけもらって、ムシャムシャやりながら、ビールを飲んでいる人があります。

いいえ、僕のことじゃありません。

富士山麓の大宮町という土地へ、ロケーションで、行きました。

宿屋で、「すき焼を食わしてくれ」と言ったら、「すき焼は無いが、牛鍋ならあります」と言うんで、ならそれをくれと言って、やがて持って来たのを見ると、肉が、まるで鳥の肉みたいに、桃色をしているので、「これは、鳥ではないか」と言うと、「いえいえ、鳥ではありません。牛肉です。但し、メウシの肉です」という答です。その味は、まことに、はかないものでした。そして、われわれが常に食べているのは、あれは、すべて雄牛の肉であり、雌牛は、今日はじめて食べたのだということを知りました。

そのロケーションで、白糸の滝へ行って、滝の見える茶店で、爺さんが、七輪で焼いてくれる焼鳥を沢山食べました。

うまい焼鳥でした。その七輪の煙が、白糸の滝を思い出させます。

名古屋の、ドテヤキを御存知ですか。

ドテヤキというのは、もともと蠣《かき》の料理で、蠣の味噌煮ですが、名古屋のは、蠣ではなくて、蒟蒻と豆腐と、そして、牛肉を串に刺したのを、味噌で煮たものです。

但し、料理屋で食わせるのではなく、露店の立ち食いです。

冬の夜などは、一寸《ちょっと》イケます。

但し、牛肉といっても、実は馬肉か、あるいは、もっと下等な哺乳類の肉だと言う話です。

僕の食ったのは、確かに牛肉の味がしましたが、よく見ると、紫色のスタムプが押してある、あの部分でした。

しかし、一本二銭ですから、文句を言うことは出来ますまい。

この頃盛になったものに、お好み焼が、あります。大阪が一番盛なようです。

ソースと葱と、ウドン粉の、かもし出す詩です。大人と子供のケジメが、つかなくなる食物です。

材料をもらって、自由に鉄板の上へ、字や絵を描いて、出来損ったら、食べてしまえばいいのです。

お話は、九州へ飛びます。

博多。昼食に、名物というより、名所と言いたい、新三浦の水たきを、ウンと唸りたくなるほど、脈が、ドキドキ打つほど、食べました。骨をバリバリ嚙むので、口の中から血が出ました。

しかし、水たきは、新三浦が世界一でしょう。

長崎。昼は、支那料理をタラ腹食べて、お腹を減らすために散歩をして、夜は、満月という家の、鯛の千代むし（鯛の頭だけの料理）を食べました。

「こげんなよか月は、えつとなかばい」と、印刷された、紙ナフキンを膝にかけて、これも、三人前ばかり食べました。

僕は、一寸でも酢っぱいものは嫌い。だのに、長崎の、葉ッパの附いた蜜柑は、とても美味くて一度に、十四食べました。

若松。火野葦平旦那に、ふぐを食わされました。御馳走になっといて、食わされたなどと言っては悪いのですが、僕は、とても臆病なので、ふぐはコワイから嫌だと言うのに、どうしても食わなければ、帰さないと言われ、決死の覚悟で食べたのです。食べ出したら、うまいので、お代りお代りと、四五人前食べてしまいました。そして、腹が張ってから、心配になり出して、困ったのですが、無事生きて帰りました。

まだまだ、こんな風に、食べたお話は、いくらでもあります。

僕は、命のある限り、食べます。

そして、神様に、僕の胃腸の丈夫なことを感謝して、このお話を止めます。

昭和十五年頃には、既に僕は、右の如き心境だったのである。

さて、もう一つ、次に抄《ぬ》くのは、戦後の稿であるが、付録として適当だと思うので、オマケとする。

「食べたり君よ」という題であるが、これは勿論、宇野浩二著『晴れたり君よ』を、モジったものである。

付録　食べたり君よ

菊池先生の憶い出

亡くなられた菊池寛先生に、初めてお目にかかったのは、僕が大学一年生の時だから、もう二十何年前のことである。

当時、文藝春秋社は、雑司ケ谷金山にあり、僕はそこで、先生の下に働くことになった。

初対面後、間もなくのある夕方、先生は僕を銀座へ誘って、夕食を御馳走して下さった。

今尚西銀座に、ダンスホールとなって残っているエーワン、それが未だカッテージ風の小さな店で、その頃一流のレストオランであった。

学生の身分などでは、そんな所で食事するなど及びもつかないことなので、エーワンへ入ったのは、これが初めてであった。

その上、まだ初対面から間もない菊池先生を前にしては、とても堅くなっちまって、どぎまぎしていた。

「スープと、カツレツと、ライスカレー。僕は、それだけ。君は?」

「ハ、僕も、そうさして戴きます」

で、スープからカツレツ、ライスカレーと、順に運ばれるのを、夢心地で片っぱしから平らげた。

先生のスピードには驚いた。スープなんぞは、匙《さじ》を運ぶことの急しいこと、見る見るうちに空になる。ライスカレーも、ペロペロッと――

生まれて初めて食べたエーワンの、それらの料理。そして、デザートに出た、ババロアの味、ソーダ水の薄味のレモンのシロップ。

ああ何と美味というもの、ここに尽きるのではないか!

実に、舌もとろける思いで、その後数日間、何を食っても不味《まず》かった。

しかし、エーワンの料理は、その頃にして、一人前五円以上かかるらしいので、到底その後、自前で食いに行くことは出来なかった。

正直のところ、僕は、ああいう美味《うま》いものを毎日、思うさま食えるような身分になりたい。それには、どうしても千円の月収が無ければ駄目だぞ、よし! と発憤したものである。

それから十何年経って、僕は菊池先生の下を離れて、役者になり、どうやら千円の月収を約束されるようになった。

が、何ということであろう。戦争が始まり、食いものは、どんどん無くなり、エーワンも何も、定食は五円以下のマル公となり、巷には、鯨のステーキ、海豚《いるか》のフライのにおいが、漂うに至った。

文藝春秋社に、先生を訪れて、

「僕あ、ああいう美味いものを毎日食いたいと思って、努力を続け、ようやく、それくらいのことが出来るような身分になりました。ところが、どうでしょう先生、食うものが世の中から消えてしまいました」

と言ったら、先生は、ワハハハハと、まるで息が切れそうに、何時迄も笑って居られた。

久保田先生とカツレツ

久保田万太郎先生といえば、江戸っ子の代表のようなもの。

食べものなんかも、きっとうるさくて、江戸前の料理ばっかり食べて居られるに違いあるまい。うっかり、先生の前で、豚カツなんか食べようもんなら、何という田舎者だと、叱られるのではあるまいか。

と、僕は、久保田先生の作品から受ける印象でいつもそういう風に考えていた。

その久保田先生と、ある料亭でお目にかかった時、僕は、酒が好きなくせに、江戸前の料理なんてものは、てんで受け付けない性質で、酒の肴に、オムレツか豚カツという大百姓なのだ。鰹や鮪なんていう江戸っ子の食いものは、うっかり食うと、プトマイン中毒を起すという厄介な身体。

だから、その酒席で、僕は、ただ飲むだけにしていた。オムレツが食いたいなんて言ったら忽《たちま》ち久保田先生に叱られると思ったから——

ところが、宴たけなわなるに及んで、久保田先生は、もう大分酔って居られたが、「おいおい、ボクに、カツレツとってくれよ」と仰有《おつしや》るではないか。

おやおや、江戸大通人は、カツレツがお好きなのか？　僕は意外な気がして、吃驚《びつくり》したかおして、

「先生は、カツレツなんか召し上るんですか。僕はまた、先生は日本料理ばっかりかと思っていました」

と言ったら、先生は仰有った。

「いやボクは、ナマの魚なんか食えません。もっぱら、カツレツだのオムレツがいい」

なアーンだ、それで安心した。

それから、先生も僕も、カツレツを何枚宛《ずつ》か食べてしまった。

谷崎先生と葡萄酒

これも日本ゴキゲンなりし昔のこと。

谷崎潤一郎先生が、兵庫県の岡本に住んで居られた頃である。

今や越境後、ソヴィエットのどこかに健在なりときく岡田嘉子――この頃日活の大スターたりし岡田嘉子である――と共に、雑誌の用で、僕は先生のお宅を訪れたことがある。

要件が済んで、先生が「これから大阪へ出て、何か食おうじゃないか」と、誘って下さって、岡本から大阪へ出た。

「何を食おう？」

「何が食いたい？」

結局、宗右衛門町の本みやけへ行って、牛肉のヘット焼を食おうということに話が定って、円タクを拾って乗る。

谷崎先生は、円タクを途中で止めて、「一寸待っててくれ」と、北浜の、サムボアという酒場へ寄り、「赤い葡萄酒一本」と命じて、やがて葡萄酒の壜を持って来られた。

そして、――思い出す、それは暑い日だった。――本みやけへ着くと、すぐ風呂へ入り、みんな裸になって――岡田嘉子を除く――ヘット焼の鍋を囲んだ。

赤葡萄酒を抜いて、血のしたたるような肉を食い、葡萄酒を飲んだ。

その時である。
牛肉には赤葡萄酒。
ということを、僕が覚えたのは。

解説

立川志らく

ロッパの食談の解説を頼まれるとは驚きである。小林信彦さんのところに普通はいくだろうよ。あるいは生きていたら私の師匠の立川談志であろう。想像するに、談志が死んだからならばそれに最も近い存在、実際はそれほど近くもないのだがそういうイメージがある志らくのところにお鉢がまわってきたのだろう。浅草キッドの水道橋博士が「談志師匠の利権を残らず志らくさんが持って行ってしまったね」と面と向かって言ってきたが、なるほど仲間内もそう思っているのか。ならば業界の人がそう信じ込み、今回のようにロッパの食談を読んで解説を書いてくれとなるのは当然の流れなのである。

最初に断わっておくが私は昭和38年生まれ。ロッパが亡くなったのは昭和36年。全く間に合っていない。ライバルであるエノケンの活躍は主演映画の映像がたくさん残っているから観ているが、ロッパになるとその活躍は映画より舞台だから書物などでしか知る術《すべ》がない（私は懐メロ博士であるからロッパの歌に関しては結構うるさいが。藤山一郎、二葉あき子と一緒に歌った「歌えば天国」あれは素晴らしい！）。そんな私が果たしてロッパの食談の解説を書いていいのだろうか。答えはいいのである。喜劇王古川緑波の喜劇役者としての解説本ではないのだ。ロッパを見ていなくても私は日本の喜劇人を愛している。森繁久彌、三木のり平、伴淳三郎、フランキー堺、森川信、渥美清、私が愛してやまない喜劇人達だ。彼らは多かれ少なかれロッパの影響を受けている。ロッパの生《なま》の舞台は見ていなくとも、私はロッパの芸を信用している。それにこの本はロッパの食談。喜劇のことを何も分からず、愛情もない奴が読んでどうのこうのというわけではない。だから私が書いたって罰はあたるまい。というか、本当は私の名誉になるから請け負ったのです。談志が生きていたら喜んでくれたろうな、いや私に嫉妬《しっと》したかもしれない、いや、談志が生きていたら談志が書いただろうから私の出番は無かったのだ。

言い訳はよしにして（なんだ、解説文を書く言い訳だったのか！）そろそろ本題に入ろう。まずこの食談を読んで驚いたことはロッパと自分の共通点のなんと多いことか。実は私と多いのではなく、インテリ芸人と称されている人は食に関してこのような考えを持っていることが多いのだと思う（自分をインテリ芸人というのもみっともないが多分世間はそう思っているだろうから恥を忍んでそう表記しました）。最も共通しているであろう内容は「僕は上品ぶるわけじゃあなくって、量の少ない料理を、色々食いたいんですがね」。

「上品ぶるわけじゃあなくって」と言うあたりがインテリであるのだが、それは置いておいて、「色々食いたい」、ここである。私は寿司屋に行けば必ず「シャリ小さめで」と注文するし、ビュッフェに行くと周りが驚くぐらいちょっとずつ、極端に言えばサラダは胡瓜《きゆうり》は一かけ、パスタは三本、チャーハンは小匙《こさじ》一杯、である。とりあえず自分の好きなものは全部ちょっとずつ取ってきて、その中でお気に入りが見つかったらそこでようやく人並みに取るのである。要は意地が汚いのですね。それがバレるといけないからインテリっぽく振る舞うわけだ。ということはロッパも相当意地が汚かったのだと思う。でも喜劇人は間違いなく意地が汚い。それをロッパの場合はインテリで、エノケンは明るさで、伴淳は哀愁で隠していた。インテリだけの奴や哀愁だけの奴の笑いなんか面白いわけがない。最近のお笑いタレントのよろしくないところは、意地が汚いのを前面に出して笑いを取ろうとしているところだ。

談志がよく言っていたようなこともこのなかにはたくさん出てきた。談志はロッパの日記の愛読者だったから、談志の言葉は間違いなくロッパの影響によるものが多かったのであろう。例えば「(トンカツは) 平べったい、それも脂身沢山の奴が、本格的だと思う」。談志は浅草の馬道にある「大木」という食堂のとんかつが大好きだった。ここのとんかつは驚くほど平べったい。現在、美味いと評判のとんかつ屋のとんかつは分厚い。それに慣れてしまった若者は、談志に勧められて「大木」のとんかつを初めて目にすると驚きのあまり声を失っていた。すると談志は「これが本当のとんかつというものなんだ」と一席ぶち始めた。その話を聞いてからその薄いとんかつを食べるとなんだか美味しいような気がしてくるのだ。私も驚いた口だから方々で同じように「とんかつは平べったいのが美味い」と言いまくっている。しかし談志が死んだ後、談志の娘さんから「パパが大好きだったとんかつ屋が新宿にあるよ」と聞かされ、出かけていったのだが、分厚いのなんの！　やはり分厚い方が美味いのかな。多分、東京人の見栄、それは江戸っ子からつながる粋なのであろう。江戸っ子は田舎者の逆を敢《あえ》て言うことでそれを粋にしていた節がある。こんな話がある。マカロニサラダにソースをかけて食べていた江戸っ子落語家がいた。地方出身者の若手落語家が「田舎のおじいちゃんもそういう食べ方をしていました」と言った途端、表情が変わり「馬鹿、お前の爺さんは味が薄いからソースをかけたんだろ。田舎者だなぁ。俺はソースを食いてぇからソースをかけたんだ！」。わけがわからない。

ロッパの食談に話を戻す。ロッパはとんかつ一つ取ってもわかるようにやはり粋、見栄を大事にしていた。でもロッパの面白いところは「蕎麦《そば》よりうどんの方が好き」だと明言しているところだ。江戸っ子からいわせれば「うどんは病人の食い物」である。談志の話ばかりで申し訳ないが、談志も蕎麦にはかなりのこだわりを持っていた。つゆをたっぷりつけてむしゃむしゃ食べる若者を見つけると怒鳴りつけていた。でもプライベートでは圧倒的にうどんの方を好んで食べていた。それどころか地方に行くと間違いなくラーメン屋に飛び込んでいた。談志が信州の蕎麦屋の名店に入ってもりそばをたぐって、蕎麦湯を飲んだところなんか見たことがない。つまりあれだけ本音で勝負していた芸人だが、食に関しては粋を大事にしていたのだ。ロッパは自分が野暮であるということを告白することによりインテリジェンスを保っていたと私は推測する。そこがロッパの食談の面白さであろう。

更にロッパがインテリに思えてならないのが、この文章の中に詩のような表現がのべつ出てくるところだ。「洋食衰えず」の中で銀座界隈に日本化された洋食屋がたくさんあったと書いているところで、「こういう店を思い出していると、銀座ばかりではなく、わが想い出は、小さな翼を持って飛ぶのである」と記している。ただ詩的表現をした恥ずかしさをカバーするというか、バランスを保つというか、この表現の直前に洋食屋での日本人の注文の仕方について「西洋式おでん屋だ」と、きちんと笑いを入れている。

「洋食衰えず」の終《しま》いは「その、おでんの鍋に立ちのぼる湯気のかなたに、思い出は、かすみ行く」と詩的表現で結んでいる。ただし「(なんてネ)」と書き加えている。このバランスが喜劇人ロッパなのだ。

「ダイヤモンド鍋」「カレーパン」「箸が持てない」噺なども強烈に面白かった。そうそう「お作法の巻」でのライスカレーの食べ方、コテコテかき廻して食べるのは嫌だという考え。全く同感。

ロッパから談志、そして志らくにこの食の美学は伝わっていきますからご安心を（なんてネ）。


（落語家）

本書は、底本を『あまカラ』（甘辛社）、『ロッパ食談』（東京創元社）、『ロッパ悲食記』（ちくま文庫）とし、再編集した文庫オリジナル版『ロッパ食談　完全版』（二〇一四年刊）の新装版です。現代仮名遣いに改め、一部の漢字をひらがなに変更、またはふりがなを付けました。

初出は、雑誌『あまカラ』一九五三年一八号〜一九五七年六六号。

一部に今日の社会的規範に照らせば差別的表現あるいは差別的表現ととらえられかねない箇所が見られますが、作品全体として差別を助長するようなものではないこと、著者が故人であるため原文のままとしました。

編集　杉田淳子（go passion）

ロッパ食談《しょくだん》　完全版《かんぜんばん》

二〇一四年　九　月二〇日　初版発行
二〇二三年　五　月一〇日　新装版初版印刷
二〇二三年　五　月二〇日　新装版初版発行

著　者　古川緑波《ふるかわろっぱ》
発行者　小野寺優
発行所　株式会社河出書房新社
〒一五一 - 〇〇五一
東京都渋谷区千駄ヶ谷二 - 三二 - 二
電話〇三 - 三四〇四 - 八六一一（編集）
〇三 - 三四〇四 - 一二〇一（営業）
https://www.kawade.co.jp/

ロゴ・表紙デザイン　粟津潔
本文フォーマット　佐々木暁
本文組版　有限会社中央制作社
印刷・製本　凸版印刷株式会社

Printed in Japan　ISBN978-4-309-41966-4

魯山人の真髄
北大路魯山人　41393-8

料理、陶芸、書道、花道、絵画……さまざまな領域に個性を発揮した怪物・魯山人。生きること自体の活力を覚醒させた魅力に溢れる、文庫未収録の各種の名エッセイ。

居酒屋道楽
太田和彦　41748-6

街を歩き、歴史と人に想いを馳せて居酒屋を巡る。隅田川をさかのぼりはしご酒、浦安で山本周五郎に浸り、幕張では椎名誠さんと一杯、横浜と法善寺横丁の夜は歌謡曲に酔いしれる——味わい深い傑作、復刊！

魚の水（ニョクマム）はおいしい
開高健　41772-1

「大食の美食趣味」を自称する著者が出会ったヴェトナム、パリ、中国、日本等。世界を歩き貪欲に食べて飲み、その舌とペンで精緻にデッサンして本質をあぶり出す、食と酒エッセイ傑作選。

季節のうた
佐藤雅子　41291-7

「アカシアの花のおもてなし」「ぶどうのトルテ」「わが家の年こし」……家族への愛情に溢れた料理と心づくしの家事万端で、昭和の女性たちの憧れだった著者が四季折々を描いた食のエッセイ。

食いしん坊な台所
ツレヅレハナコ　41707-3

楽しいときも悲しいときも、一人でも二人でも、いつも台所にいた——人気フード編集者が、自身の一番大切な居場所と料理道具などについて語った、食べること飲むこと作ることへの愛に溢れた初エッセイ。

「お釈迦さまの薬箱」を開いてみたら
太瑞知見　41816-2

お釈迦さまが定められた規律をまとめた「律蔵」に綴られている、現代の生活にも共通点が多い食べ物や健康維持などのための知恵を、僧侶かつ薬剤師という異才の著者が分かりやすくひも解く好エッセイ。

おばんざい　春と夏

秋山十三子　大村しげ　平山千鶴　41752-3

1960年代に新聞紙上で連載され、「おばんざい」という言葉を世に知らしめた食エッセイの名著がはじめての文庫化！　京都の食文化を語る上で、必読の書の春夏編。

おばんざい　秋と冬

秋山十三子　大村しげ　平山千鶴　41753-0

1960年代に新聞紙上で連載され、「おばんざい」という言葉を世に知らしめた食エッセイの名著がはじめての文庫化！　京都の食文化を語る上で、必読の書の秋冬編。解説＝いしいしんじ

おなかがすく話

小林カツ代　41350-1

著者が若き日に綴った、レシピ研究、買物癖、外食とのつきあい方、移り変わる食材との対話――。食への好奇心がみずみずしくきらめく、抱腹絶倒のエッセイ四十九篇に、後日談とレシピをあらたに収録。

小林カツ代のおかず道場

小林カツ代　41484-3

著者がラジオや料理教室、講演会などで語った料理の作り方の部分を選りすぐりで文章化。「調味料はピャーとはかる」「ぬるいうちにドドドド」など、独特のカツ代節とともに送るエッセイ＆レシピ74篇。

小林カツ代のきょうも食べたいおかず

小林カツ代　41608-3

塩をパラパラッとして酒をチャラチャラッとかけて、フフフフフッて五回くらいニコニコして……。まかないめしから酒の肴まで、秘伝のカツ代流レシピとコツが満載！　読むだけで美味しい、料理の実況中継。

わたしのごちそう365

寿木けい　41779-0

Twitter人気アカウント「きょうの140字ごはん」初の著書が待望の文庫化。新レシピとエッセイも加わり、生まれ変わります。シンプルで簡単なのに何度も作りたくなるレシピが詰まっています。

パリっ子の食卓

佐藤真　41699-1

読んで楽しい、作って簡単、おいしい！　ポトフ、クスクス、ニース風サラダ…フランス人のいつもの料理90皿のレシピを、洒落たエッセイとイラストで紹介。どんな星付きレストランより心と食卓が豊かに！

巴里の空の下オムレツのにおいは流れる

石井好子　41093-7

下宿先のマダムが作ったバタたっぷりのオムレツ、レビュの仕事仲間と夜食に食べた熱々のグラティネ――一九五〇年代のパリ暮らしと思い出深い料理の数々を軽やかに歌うように綴った、料理エッセイの元祖。

東京の空の下オムレツのにおいは流れる

石井好子　41099-9

ベストセラーとなった『巴里の空の下オムレツのにおいは流れる』の姉妹篇。大切な家族や友人との食卓、旅などについて、ユーモラスに、洒落っ気たっぷりに描く。

バタをひとさじ、玉子を3コ

石井好子　41295-5

よく食べよう、よく生きよう――元祖料理エッセイ『巴里の空の下オムレツのにおいは流れる』著者の単行本未収録作を中心とした食エッセイ集。50年代パリ仕込みのエレガンス溢れる、食いしん坊必読の一冊。

愛と情熱の山田うどん

北尾トロ／えのきどいちろう　41936-7

関東ローカル＆埼玉県民のソウルフード・山田うどんへの愛を身体に蘇らせた二人が、とことん山田を探求し続けた10年間の成果を一冊に凝縮。

純喫茶コレクション

難波里奈　41864-3

純喫茶の第一人者、幻の初著書、待望の文庫化！　日々純喫茶を訪ねる難波氏が選んだ珠玉のコレクションをバージョンアップしてお届け。お気に入りのあの店、なつかしの名店がいっぱいです。